유쾌하게
조울증
건너기

유쾌하게 조울증 건너기

초판 1쇄 발행	2023년 7월 14일
지은이	이사고
펴낸곳	(주)행성비
펴낸이	임태주
책임편집	이윤희
디자인	이유진
마케팅	한경화
출판등록번호	제2010-000208호
주소	경기도 김포시 김포한강10로133번길 107 710호
대표전화	031-8071-5913
팩스	0505-115-5917
이메일	hangseongb@naver.com
홈페이지	www.planetb.co.kr

ISBN 979-11-6471-239-7 (03810)

행성B는 독자 여러분의 참신한 기획 아이디어와 독창적인 원고를 기다리고 있습니다.
hangseongb@naver.com으로 보내 주시면 소중하게 검토하겠습니다.

이사고 에세이

유쾌하게
조울증
건너기

스물아홉 살 × 조울증 × ADHD의
날뛰는 투병기

행성B

차례

정신병이라는 이름

벽과의 대화에 성공해 본 적 있으세요? 벽과의 대화에 성공하면 즉시 정신병원에 가보라고 하더군요. 저는 정신병원에 오래 다니긴 했지만, 벽과의 대화는 아직입니다. 혼잣말은 좀 많이 하는 편이지만요.

내가 우울증에 걸린 건 아닐까 고민해본 적 있으세요? 이유 없이 매일 기분이 가라앉거나, 인생이 재미없다거나, 맛있는 것을 먹으면 기분이 나아진다며 폭식하다 살이 확 쪘다거나요. 반대로 입맛이 없어서 살이 빠질 수도 있겠고요. 이상하게 계속 피곤하고, 집중도 안 되고, 그러다 사고를 치고 '좆됐다'가 반복되지는 않으시나요?

네, 저는 평생 그렇게 살아왔답니다. 몇 년째 정신병원에 다니는 이유이지요. 벽과 대화하거나 남들에겐 안 보이는 뭔가를 보는 것은 (아직) 아니고요.

병원에 가면 저의 그런 이유 없는 행동에 이름이 붙습니다. 우울증입니다, ADHD입니다, 조증입니다. 판정받고 나면 인생의 가이드라인이 생긴 것 같아요. '맥락 없이 눈물이 난다! 우울증이다! 항우울제 처방 늘려! 상사에게 기분 나쁜 농담을 던진다! 앗! 충동성 ADHD다! 아침에 약 빼먹었군! 내일 약 챙겨 먹고 가서 죄송하다고 해!' 이렇게요.

혹은 '나는 왜 이렇게 일에 집중을 못 할까. 오늘도 보고서 최종, 최최종, 최최최종을 보내버렸다', '인생이 왜 이렇게 재미없냐… 죽을까?' 하다가도 '그건 내 친구 ADHD가 한 일이지 내가 한 일이 아닌걸?' 하거나 '이건 분명 우울증인데 일시적 기분이니 지금 죽으면 후회하겠군' 하고 생각하게 됩니다. 뭣도 내 맘대로 되지 않을 때 '이건 정말, 내가 한 게 아니고 걔네(정신질환)가 한 거야!'라고 스스로를 보호할 수 있게 되는 거지요.

내 병명을 정확히 아는 순간 탓할 '남'이 생겨요. 저는 평생 자책하는 방법만 배웠는데도요. 병원에 발을 들이고부터는 아주 소심하게 남 탓을 해 봅니다.

내가 가진 정신병에 대해 알다 보면, 나를 잘 알게 되는 것 같아요. '나는 어떤 사람이야' 하고 스스로 생각하는 것들이 있잖아요. 모호했던 생각들이 정신병과 그 이름을 통해 명료해진다고나 할까요.

예를 들면 저는 아이디어 뱅크고, 매우 즉흥적이며, 따라서 아이디어를 실행하는 추진력이 강한 사람입니다. 한번은 빈티지 숍을 열고 싶다며 한 달 동안 부동산을 돈 뒤, 또 한 달 동안 혼자 꼬물꼬물 구옥을 인테리어하고 빈티지 옷과 액세서리를 사다 날랐습니다. 가오픈 날이 제 빈티지 숍의 마지막 영업일이 될 줄은 몰랐지만요. 다음날 비가 오는데 너무 나가기가 싫더라고요. 문득 '나는 빈티지 숍을 운영하고 싶은 게 아니라 내 취향의 공간을 만들고 취향의 물건을 채우고 싶었던 거구나' 하는 큰 깨달음을 얻고 바로 가게를 통째로 팔았습니다. 남들은 대체 뭐가 남냐고 했지만, 인테리어하는 게 정말 재밌었어요. 새 꿈을 하나 줍는 것으로 빈티지 숍 사건은 마무리되었습니다.

그렇다고 아무거나 생각나는 대로 막 추진하나? 집중하고 실행하는 것에 호불호도 매우 커서 학창 시절 과학, 기술 가정 같은 과목은 9등급, 국어, 사회 과목은 1등급을 받곤 했지요. 1, 2와 8, 9가 동시에 찍힌 성적표를 보면서 이상하다고 생각하지도 않았습니다. 다들 그런 줄 알았지, 스스로가 왜 이렇게 극적인 사람인지 의문을 가지지 않았어요.

그런데 ADHD라는 단어 하나가 저도 몰랐던, 저의 의문스러운 행동을 다 설명하는 거죠. 나는 내가 이런 사람이라고 믿고 살아왔는데 알고 보니 그게 정신질환이나 심리적인 문제 행동이었다고, 나를 재정의하는 거예요. 내 성향의 발원지를 정확히 알게 되고 나면 그걸 좋은 방향으로 사용하려고 노력할 수도 있고요. 미지와 야생의 성향을 발견해 우리 집 화분에 꽂아 놓는 겁니다. 치료하고 길들이면서.

스스로를 발견하고 재정의하는 과정을 한 번이라도 겪고 나면 다시는 영문 모르고 나를 몰랐던 이전으로 돌아갈 수 없답니다. 도대체 내가 왜 이런 행동을 하는지 자꾸자꾸 알고 싶어져요. 그러던 어느 날은 정신병의 종류를 검색했습니다. 그날부터 저는 저를 걸어 다니는 정신병원… 혹은 다중 정신병자… 뭐 이런 것이라고 생각합니다. 항상 저와 함께 살던 ADHD나 우울증 증상은 제외하고도 '과학 서적을 유독 못 읽는데 특정 학습 장애일까?', '이유 모를 흉통이 종종 있고 버스나 지하철 타는 게 싫어서 택시비를 엄청나게 썼는데 공황장애일까?', '왠지 남들이 내 욕을 하는 것 같은데 사회적 불안장애일까?', '대학교 때 교양 수업에서 좋아하는 것과 싫어하는 걸 그려오라고 했을 때 비누와 세균을 그려갔는데 강박장애일까?', '친구들이 날 떠날까 봐 항상 두려운 걸 보니 경계성 성격장애인가?', '혼자 북 치고 장구 치고 손뼉까지 치는데 나르시시스트인가?', '과거 모든 애인에게 과하게 의존하고 헤어지지 못했던 게 의존성 성격장애 때문인가?' 하는 질문이 줄줄이 이어졌거든요.

근데 정말 '정상인'들은 이 모든 질환에 해당 사항이 없는 건가요? 저는 손을 부르틀 때까지 박박 씻고, 남들이 속닥거리면 내 욕을 하는 것 같고, 사람들이 절 떠나는 게 과히 두려운데. 학창 시절 교탁에 올라가 춤추고 노래하고, 선생님에게 이상한 질문을 큰 목소리로 하고, 하고 싶은 것만 하고, 하기 싫은 건 죽어도 안 하고, 집에 가면 혼자 방에 처박혀 엉엉 울고 또 손 씻고 불안해하곤 했거든요.

이 모든 게 병이라서, 나쁜 거라서, 다 파헤치고 알아내서 없애버리고 나면 저는 어떤 사람일까요. 이 모든 것을 제거한 저는 어떤 모습일까요. 이 모든 게 나인데, 없애고 나면 나는 무색무취의 정상인이 되는 건가요. 그렇다면 정상인이 된다는 건 좀 무서운 일인 것 같아요.

저는 여전히 좋은 일이 있으면 "좋아! 너무 좋아악!" 소리 지르고, 세상의 모든 아름다운 것에 "사랑해" 키스를 보내고, 하고 싶은 일은 당장 다 해 보고, 하기 싫은 일은 하지 않고 살고 싶어요. 자꾸 찾아오는, 과히 슬픈 날에는 글을 쓸래요. 글을 쓰면서 우울한 마음은 덜어내고, 불안함보다는 미래에 대한 기대를 채울래요. 아니면 최소한, 부정적인 마음을 제 글의 뮤즈로라도 부려 먹을래요. 평생 함께해 온 정신병 중 어떤 부분은 나 자신으로 이해해 받아들이고, 어떤 부분은 현명히 몰고 다니면서 살아보려 해요.

만사가 너무 좋고
너무 싫은 사람

학교마다 꼭 그런 아이가 있잖아요. 교단에 서서 유독 큰 목청과 몸짓으로 춤추고 노래하는 아이. 아니면 과격하게 놀다가 창문이나 의자를 자주 부수는 아이. 수업 시간에 엉뚱하거나 웃긴 질문을 던지는 아이. 아무튼 시끄러워서 가장 눈에 띄는 아이. 오늘 이상하게 교실이 조용하다? 그 아이가 교무실로 불려 가서 없는 거랍니다.

여러분의 학창 시절을 귀신같이 쫓아다니는 시끄러운 아이, 저였습니다. 중학교 1학년, 저는 쉬는 시간마다 반의 모든 아이가 제 MP3 플레이리스트를 외울 때까지 노래를 불렀어요. 교단 위에 서서 노래 부르면서 춤 연습을 했어요. 꼭 발랄하고 동작이 큰 걸로만. 특히 당시 유행했던 카라의 〈pretty girl〉을 열심히 췄습니다. 스물아홉 살인 지금도 친구들은 저만 보면 카라가 생각나고, 카라 노래가 나오면 제가 생각난대요.

사실 저는 아이돌 음악을 싫어했어요. 인디 록 음악을 추종하는 록 덕후였거든요. 당시의 제가 아이돌 음악을 들었던 건 순전히 큰 행동을 하기 위해, 관심받기 위해서였지요. 게다가 춤추는 저는 항상 주먹만 한 크기의 알록달록 리본 핀을 꽂고 있었어요. 그때는 화려한 장신구를 하면 얼마 못가 선생님에게 뺏겨 영영 돌려받을 수 없었는데도요. 저는 매일 다른 리본 핀을 하고 등장했답니다. 색깔별로 무늬별로 총 열 개쯤 가지고 있었으니까요. 아주 지독한 아이였죠.

그때는 교실에 배치된 컴퓨터 모니터가 박스 형태로 뚱뚱했습니다. 얇은 LED가 아니라 브라운관 모니터였죠. 그래서 모니터가 교탁 위에 놓이는 게 아니라, 책상 밑에 화면을 위로 한 채 눕혀져 있었답니다. 책상은 컴퓨터 화면이 있는 부분만 네모난 유리로 되어 있었고요. 아시다시피 저는 쉬는 시간, 점심시간에 교단에서만 놀잖아요? 춤을 추다 힘들어서 교탁 위에 점프해 앉았습니다. 그럴 리 없는데, 와장창 소리와 함께 엉덩이가 쑥 빠졌어요. 교탁의 정사각형 유리를 산산조각 내고, 제 엉덩이로 유리가 있어야할 자리를 채웠답니다. 다치지는 않았지만, 엉덩이가 끼인저는 잠시 거기서 빠져나오지 못했어요. 반 친구들, 다른반 애들까지 찾아와 저를 둘러싸며 웃고 놀렸습니다. 부끄럽지는 않았어요. 웃기고 재밌었습니다. 전교생으로부터'엉덩이로 유리 깬 애'라는 수식어를 얻었지요.

당시 담임은 스물일곱 살의 앳된 한문 선생님이었어요. 헝클어진 머리, 선한 눈빛의 모범생 같은 분이었지요. 생활 한복을 입고《선비가 되는 법》이라는 책을 항상 옆구리에 끼고 다니셨어요. 그분도 빠르게 퍼진 소문을 듣고 달려왔어요. 언제나처럼 깊은 한숨을 쉬고 한동안 말을 잇지못하셨지요. 중학교에 입학한 지 반년 만에 저는 이미 사고를 많이 쳤습니다. 교무실에 데려갈 것도 없었어요. 교무실에 데려간다고 뭐가 달라지냐? 얘는 이미 틀렸다.

선생님은 별말 없이 유리값 3만 원을 가지고 오라고 하셨어요. 그마저도 저는 엄마한테 사정을 설명하기 무서워서 안 가져갔고요. 차라리 선생님을 피해 다니길 택했지요.

선생님의 인내가 한계에 달할 무렵, 학교의 모든 교탁이 새 걸로 바뀌었습니다. 책상 위로 사뿐히 올라앉는 얇은 모니터도 새로 생기고요. LED 모니터의 등장은 아주 기쁜 일이었습니다. 분명 선생님도 현대화된 교실에 기쁘셨을 거예요. 알고 보면 교실의 현대화는 우연이 아니라 내가 만들어 낸 운명이 아닐까? 제가 선생님을 도와 드린 것일지도 모릅니다.

그해 겨울 제 생활기록부엔 '교우 관계가 원만하고 성적도 좋으나 자신을 표현하는 방식이 과함. 차분히 행동해야 할 필요가 있음'이라고 적혔습니다. 이 외에도 의자 부숴서가, 위험하게 논다고 가, 수업 시간에 헛소리한다고 가, 학창 시절 내내 교무실에 가고 또 갔습니다. 심지어 친구가 교과서 안 가져와서 혼나고 있는데 "저도 안 가져왔는데요!" 소리쳐 매를 벌기도 했어요. 적다 보니 과거의 저에게 아주 질려버립니다.

이렇게 '자신을 표현하는 방식이 과한' 모습은 전형적인 과잉 행동형 ADHD입니다. 게다가 산만하니 온갖 곳에 기웃거리고 들춰보고 먼지를 일으키고 다녀요. 여기저기 발을 걸치고요. 돈을 벌기 위해 했던 일만 해도 셀 수 없어요.

지금은 성인 영어 과외를 주로 하는 강사인데, 영어 말고도 초중등 전 과목을 다 가르칩니다. 논술, 토론, 문학비평 등의 수업도 하고요. 전에는 비건 카페, 빈티지 옷 가게, 시민단체 활동가, 비건 쿠킹과 베이킹 클래스 강사, 비건 밀키트 판매, 바텐더, 강연자, 프리랜서 작가, 페스티벌 식음 부스 운영 등을 부업으로 했어요.

돈 안 되는 취미생활로 범주를 넓히면 훨씬 많지요. 소개팅할 때 주로 "취미가 뭐예요? 뭐 좋아하세요?" 묻잖아요. 저는 "뭘 안 해봤을지 맞혀보셔요"라고 대답하기도 한답니다. 악기만 해도 가야금, 드럼, 기타, 피아노, 바이올린을 배웠고, 운동은 훨씬 다양하게 해봤어요. 지금도 일주일에 서너 가지 운동을 꾸준히 합니다.

이렇게 산만히 온 세상 모든 것을 건드리고 다니다가 재밌는 것을 발견하면 뒤집어져요. 눈을 희게 빛내며 과몰입하고 집착합니다. 주로 그 대상은 특정 음악 장르나 아티스트, 만화나 그림, 드라마, 귀여운 사람, 악기, 음식 등이었어요. 덕질을 유난스럽게 한다든가, 드럼을 매일 아침 10시부터 밤 10시까지 친다든가.

그중 위험한 건 사람에 집착하는 거예요. 그 사람이 귀여우면 귀여울수록 위험합니다. 집에 보내지 않아요. 24시간 함께하고 싶은 마음에 울어도 보고 매달려도 봅니다. 상대방이 저를 좋아하든 말든 상관없이 사랑한다고 외쳐요. 밥을 먹다가도, 길을 걷다가도, 자다가도, 똥 싸다가도, 너무 사랑해! 이 세상에 네가 있어서 너무 행복해!

온갖 일에 사랑을 외치고 다니다가도 혼자 남겨지면 달랐습니다. 과잉 행동하고, 과몰입하고, 만사 집착하며 몇 명 분의 소란을 일으키고 집에 오면 그 끝을 모르도록 우울했어요. 오늘은 또 어떤 사고를 쳤는지 곱씹느라 잠이 안 왔어요. 잘못을 곱씹는 마음은 과한 질책이 되고 깊은 우울이 됐습니다. 잠들면 내일이 찾아오는 게 무서웠어요. 내일도 나는 사고를 칠 테고, 수습은 되지 않는데⋯. 문제를 일으키는 나 자신은 쌓여만 갔습니다.

잠들며, 내일은 꼭 세상이 끝나거나 내 삶이 끝나기를 기도하기도 했습니다. 나 자신이 너무 싫다는 말도 잊지 않았어요. 저는 왜 그렇게까지 제가 싫었을까요. 십수 년이 지나고서도 잘 모르겠습니다. 왜 그렇게까지 우울했는지, 언제부터였는지, 왜 안에서는 울고 밖에서는 소란을 몰고 다녔던 건지, 그리고 이 우울함은 언제 사라질 건지 모르겠습니다.

엄마는 '너무'라는 말을 지양하라고 했어요. 저는 주로 기분 좋을 때 '너무'를 반복해서 사용했는데, 문법에 맞지 않는다고 핀잔을 듣곤 했습니다. '너무'는 부정 부사라서 좋을 때 쓰는 건 아니라고요. 지금은 국문법이 개정되어 '너무'를 부정어와 긍정어 모두에 사용할 수 있지만요. '너무'의 뜻이 개정되기 전이나 후나 저는 일상 속 모든 말에 '너무'를 붙입니다. 주로 "너무 좋아! 너무! 좋아아악!", "와, 너무 사랑해! 최고야!", "인생 너무 좆같다", "내가 너무 싫다…. 죽고 싶다"에 씁니다.

전엔 이렇게 '너무'를 마구 지르고 나면 엄마 눈치를 보곤 했어요. 하지만 반가운 문법 개정 이후로는 엄마에게 당당하게 "이제는 너무 좋다는 말도 맞는 말이거든!" 반박할 수 있답니다. 사실 엄마는 언어 사용이나 문법에 예민한 사람이 아니에요. 제가 아무리 문법 파괴적인 말을 해도, 유독 '너무'에만 눈을 흘기곤 했으니까요. 엄마가 '너무'를 그만 쓰라고 한 건 '감정을 과하게 표현하지 말라'는 뜻이었겠지요.

하지만 저는 '너무'를 포기할 수 없답니다. 제 감정은 무인 운행 중인 폭주 기관차 같아요. 저는 그냥 기관차의 수많은 승객 중 하나일 뿐이고요. 제일 스릴 넘치는 맨 앞칸에 제가 앉아 있습니다. 옆자리엔 주로 집착의 대상인 귀여운 아이가 앉아 있어요(지금은 공석입니다, 여러분!). 뒷자리엔 친구들이 저와 친밀한 순서대로 앉아 있습니다. 다음 칸엔 저와 연관된 사람들이, 그다음 칸엔 저와 더 희미하게 연관된 사람들이 앉아 있고요.

승객의 대부분은 자기가 탄 이 기관차가 폭주 기관차라는 사실을 모릅니다. 저와 가까이 앉은 사람들만 알고 있어요. 그래서 첫 번째 칸의 사람들은 안전벨트를 맸지만 뒤 칸으로 갈수록 안전벨트를 맨 비율이 낮아지지요. 그래도 뒤 칸은 언제든 앞칸과 분리될 수 있어 안전한 편이니 괜찮습니다. 저와 친구들이 탄 맨 앞칸이 문제지요. 앞칸 친구들은 '이거 안전해?' 의뭉스러운 표정으로 저만 쳐다보고 있습니다. 저는 안전벨트 꼭 매고, 옆 사람 손을 붙들고, 소리 지를 뿐이고요.

너무!!! 무섭다고.

생각해보면 저는 엄마 기분을 살피는 데 능한 딸이었어요. 엄마한테 전화할 때마다 엄마가 바쁘거나 기분이 나쁘지 않기를 바라며 긴장했어요. 엄마는 주로 바빠서 '너무' 기분이 안 좋았고, 가끔 '너무' 기분이 좋아서 내게 말랑하고 애교 넘치는 모습을 보였지요. 저는 엄마를 닮았다는 말을 많이 들어요. 엄마가 제 극단적인 감정들을 싫어했던 건 그래서일까요? 내가 과하게 슬퍼하거나 기뻐하는 것을 싫어했던 것도 그런 이유에서일까요? 엄마가 '너무'라는 말을 쓰지 않는 건 엄마가 '너무' 감정 기복이 심한 사람이기 때문이었을까요?

제일 좋아하는 작가인 이슬아 님은 자기 자신을 상사처럼 모시고 산다고 했어요. 감정과 생활을 통제하면서 산다고요. 감정을 통제한다는 것은 어떤 걸까. 전혀 모르겠지만 저도 모시는 분이 있답니다. 제가 모시는 분은 저를 생산적인 방향으로 채찍질하는 상사가 아니라 못된 공주님이라는 게 다르지요. 해 달라는 대로 안 해 주면 바닥을 뒹굴며 울고 화내고 소리를 지르는 분입니다. 그러다가도 예쁜 것을 사 주거나 맛있는 것을 입에 넣어 주면 신나서 뛰어다니고 춤을 추지요. 호텔 가는 것을 좋아하고 위장은 한계 없이 늘어나는 분이에요. 제가 이 공주님께 주로 하는 말은 "공주 하고 싶은 대로 다 해"랍니다. 공주는 그래도 돼. 다 써버려. 다 먹어버려.

저는 욕망 공주의 하녀랍니다.

유쾌하게 조울증 건너기

죽고 싶다

우울에 빠지기는 참 쉽다. 빠져나오기는 쉽지 않고. 우울할 때 주로 나는 모든 일을 죽음과 연결 짓는다. 일이 잘 안 풀리거나, 누군가와 크고 작게 다투거나 혹은 가족과 대화가 통하지 않는다고 느낄 때 등등.

내 탓이 아니라고 하더라도 내 탓을 한다. 모든 문제는 내게서 기인한다고 믿으며 자책할 거리를 찾는다. 혹여 남 탓을 하더라도 억울해서, 화가 나서, 씩씩거리면서 남을 죽이는 게 아닌 나를 죽이는 상상을 한다. 그런 모든 순간에 나는 상상 속에서 다양한 방법으로 죽는다. 죽음은 가장 쉽고 효과적인 상상 속 도피처였다. 찾아가기는 참 쉬웠고 빠져나오기는 쉽지 않았다. 예측할 수 없는 미래를 상상하는 것보다 당장의 죽음을 떠올리기가 더 쉬웠다.

인생이란 무릇 죽지 못해 살아가는 것이라고 생각했다. 모두가 죽고 싶어 하리라 생각했다. 세상 모두가 남을 원망하기보다 나를 원망하고, 남을 죽이기보다 나를 죽이는 상상을 하는 게 분명했다. 자살 생각을 하지 않는 사람이 있으리라고는 상상도 하지 못했다. 삶은 모두에게 공평히 힘든 것이라니까. 죽음을 생각하며 사는 게 '정상'이 아니란 걸 안 지는 고작 3년밖에 되지 않았다. 나는 평생 우울했고 죽고 싶었는데.

우울증은 재발률이 매우 높아 초기 치료가 중요하다고 한다. 하지만 이 우울이 언제부터 시작되었는지도 모르겠다. 처음이 보이지 않을 정도로 겹겹이 쌓인 우울증은 치료조차 무의미해 보인다. 우울증의 첫 얼굴을 찾아보려 기억을 헤집는다.

언제가 내 첫 우울증이었을까?

그때 치료했으면 내 평생이 죽음과 자살 사고로 점철되

는 일은 없었을까?

열 살로 돌아가면 치료할 수 있을까?

처음 죽고 싶다고 생각했던 때.

내 첫 자살 사고는 열 살 때였다. 그때 나는 작은 빌라의 4층에 살고 있었다. 내 방에는 동쪽으로 크게 난 창이 있었다. 아침이면 방 안에 햇살이 가득해 저절로 눈이 떠지는 곳이었다. 나는 엄마가 깨우는 것보다 햇빛이 깨워 주는 것을 더 좋아했다(지금도 좋아한다). 햇빛을 충분히 머금고 일어난 어린이는 활기찼다. 학교에 가면 친구가 많았고 공부도 잘했다. 특히 발표를 잘하는 모범생이었다.

하지만 학교에서 돌아온, 집에 아무도 없는 시간에 방은 어두웠다. 동향 내 방 창가에는 빛이 들지 않았다. 햇살을 등진 낮 시간, 나는 창을 활짝 열고 아래를 가만히 내려다보곤 했다. 창 아래엔 옆 빌라와 내가 사는 빌라 사이 하얗게 회칠 된 작은 공터가 있었다. 화단도 아니고 주차장도 아닌, 하얗고 빈 공간. 나를 위해 만들어진 크고 하얀 관 같았다. 언제든지 뛰어들어 누우라고 손짓하는.

해 질 때쯤, TV에서는 매일 그 시간에 하는 애니메이션 엔딩 음악이 흘러나왔다. 음악에 맞춰, 내 삶의 이야기가 마무리되듯 가장 강한 자살 충동이 찾아왔다. 그 음악이 무섭기까지 했다(이십 년이 지난 지금도 그렇다). 음악을 들으며 나는 매일 비슷한 시간에 매일 같은 방식으로 상상 속에서 죽었다. 하얀 관 속에 떨어져 누웠다. 실은 매일 죽지 못한 채 귀가하는 가족들을 맞았다.

당시에 죽고 싶어 했던 이유는 별것 아니었다. 방과 후 컴퓨터 수업료 9만 원을 빼돌려 침대 밑에 숨겨두고 썼다. 방과 후 시간엔 피시방에 가서 게임을 하고 컵라면을 먹었다. 혼자 버거킹에 가서 치킨버거를 사 먹었다. 문구점에서 예쁜 걸 망설임 없이 샀다. 그런 이유로 매일 창에 매달려 죽는 상상을 했다. 하지만 당시 가장 좋아하던 드라마 〈패션 70's〉의 결말을 보고 싶어서 하루하루 죽음을 미뤘다. '죽고 싶지만, 드라마는 보고 싶'었다. 드라마가 끝나면 꼭 죽기로 했다.

다행인지 불행인지 그 드라마는 28회차였다. 요즘 나오는 드라마는 16회차 정도이니, 드라마 방영이 길었던 덕분에 6주 더 살아있었다. 주인공의 운명이 꼬이고 엇갈리는 만큼 더 오래, 죽지 않을 수 있었다. 마침내 주인공이 잃어버린 가족을 만났을 때, 혼자 방에 들어가 울며 편지를 썼다. 편지는 죽고 싶다는 말로 시작해 용서를 빌며 끝났다. 9만 원에서 채 반도 쓰지 못해 남은 5만 원과 함께 편지를 엄마에게 건넸다. 우느라 한마디도 하지 못했다. 그 일로 발바닥 열 대를 맞은 게 다였지만, 나는 평생 씻지 못할 죄를 지었다고 생각했다. 그 마음은 원죄처럼 남아 오랫동안 내 삶의 모든 부분을 억압했다. 그때부터 사소한 일에도 죄를 지었다고 생각하게 된 것일까.

이후에는 야한 동영상을 본 것 때문에, 자위한 것 때문에 죽고 싶었다. 야한 걸 좋아하는 자신이 더럽고 수치스러우며 죽어야 할 만큼 타락했다고 비난했다. 열세 살엔 좋아하던 남자애가 나를 좋아한단 걸 받아들일 수 없었다. 나는 너무 어마어마한 비밀을 숨기고 사는 더러운 애니까. 죽어야 하는 애니까. 학창 시절 내내 음순을 크고 날카로운 가위로 잘라버리는 상상을 했다. 피를 많이 흘리는 상상을 했다.

그때 나는 항상 가슴에 거대한 철 덩어리를 안고 살았다. 숨쉬기가 어려웠다. 그래서인지 내가 기억하는 어린 시절은 고장 난 흑백 TV 같은 영상으로 상영된다. 중간중간 필름이 손상된 채로.

죽고 싶은 마음은 나 자신에게서만 기인하지 않았다. 스스로가 싫은 만큼이나 가족이 싫어서 죽고 싶기도 했다. 가족들에게 맞을 때마다, 맞다가 죽어버리길 간절히 바랐다. 어차피 죽고 싶은 삶, 누가 죽여주길 바랐다. 그 누구에게 벌까지 줄 수 있으면 더 좋고. 하지만 야속하게도 5분 맞는 걸로는 죽지 않았다. 뉴스에 나오는 것처럼 두어 시간은 맞아야 죽나 보다, 싶었다. 그들을 무시무시하게 저주하는 유서를 남기고 마침내 자살하는 상상도 했다. 평생 죄책감을 느끼고 살아가길 바라면서.

주로 날 때린 사람도, 내가 죽을 만큼 미워하던 사람도 언니였다. 고3 때 언니와 심하게 싸우고 가출했던 적이 있었다. 열흘간 친구 집과 학교로부터 세 시간 거리에 있던 교외 세컨하우스를 전전했다.

엄마가 학교로 찾아왔다. 언니가 나를 괴롭히지 못하게 하는 계약서를 썼으니 돌아오라고 했다. 용돈을 더 줄 테니 고3 시기 동안 나를 건드리지 말라는 내용이었다. 나는 반신반의하며 집에 돌아갔다. 물론 변하는 것은 없었다. 언니와 사는 것은 여전히 죽고 싶을 만큼 힘들었다. 일상이 무너질 만큼 언니 생각을 많이 했다. 집이 싫었다.

하루는 엄마에게 꺽꺽 울며 전화했다. 언니가 너무 싫어서 죽고 싶다고. 제발 우리를 분리해 달라고. 말도 잇지 못하며 애원했다. 엄마는 또 그런 소리냐며 전화를 뚝 끊었다. 그 순간 벼락을 맞은 것 같았다. 하늘이 내 머리 위로만 와르르 무너져 내린 것 같았다. 당장 학교 앞 4차선 도로에 뛰어들어야 했다. 학교 담벼락 뒤로 달리는 차 소리가 귓가로 아주 가까이 다가왔다. 눈을 감아도 맹렬히 달리는 차들이 보였다. 차에 치여 죽는 것쯤은 상상 속에서 수만 번도 더 해온 일이었다. 그 순간만큼은 마침내 도로로 뛰어들 수 있을 것 같았다. 수만 번의 시뮬레이션 끝에 마침내!

단 한 번을 실행하지 못한 채 시간이 흘러 스물아홉 살이 되었다. 스물네 살에 가족과 함께 살던 집을 나왔다. 나를 죽고 싶게 하는 가족을 떠났는데, 어디로 갈지 몰라 여전히 죽고 싶었다. 그래서 당장 죽어도 괜찮다는 마음으로 돈도 거의 없이 해외로 도피했다.

히치하이킹하고, 고속도로 갓길에서 캠핑하고, 모르는 사람 집을 전전하고, 잘 타지도 못하는 바이크를 타고 다니는 등 목숨줄에 불을 붙였다. 그 해 처음으로 앰뷸런스를 세 번 타고, 응급실에 일곱 차례 갔다. 다행인지 범죄를 당해 경찰을 부를 일은 없었다(히치하이킹 하다가 경찰차를 얻어 탄

적은 있어도).

그때는 악몽을 자주 꿨다. 언니가 밤새도록 나를 비난하는 꿈을 주로 꿨다. 한번은 꿈에서 가족 모두가 나를 쫓아왔다. 나는 식칼을 빼내어 들고서는, 얌전히 건넸다. "날 죽여" 하고 소리 지르면서. 같이 여행하던 당시의 애인은 내가 자다가 너무 많이 울거나 소리를 지른다며 걱정했다. 물론 걔도 곧 나를 죽고 싶게 하는 사람이 되었다. 나와 가족이 되면, 필연적으로 '나를 죽고 싶게 하는 사람' 리스트에 오르는 걸까?

3년 전에는 이렇게 썼다.

"아마도 작년 초부터 자신을 죽이려 들지 않는다. 꿈속에서 가족들에게 칼을 쥐여 주며 '날 죽여' 울부짖지도 않는다. 삶은 언제나 잘 굴러가지는 않지만, 혼자 산 지 일 년이 되고 나서부터는 상상 속에서도 죽지 않는다. 이제는 자살 사고를 하지 않는 게 너무 당연해서, 내가 수만 번 죽은 사람이란 걸 잊고 있다 문득 깨닫는다. 나는 평생 죽고 싶었지. 지금은 오늘의 숨과 내일의 기대가 죽음보다 간절하다. 죽고 싶지 않다는 게 가능한 일이구나. 삶이 고유히 기쁠 수 있구나. 평생 나만 모르고 살았던 것 같다. 모르는 새 다시 태어난 듯하다."

하지만 인간은 다시 태어날 수 없지. 저 글을 쓴 이후 일 년간 평화로웠지만, 그로부터 또 일 년 넘게 죽이고 죽이며 살았다. 나를 죽게 하는 이를 죽이지 못하고, 나를 죽이면서. 어느 쪽이든 죽이지 않고 살아갈 순 없을까. 그냥, 살 순 없을까. 나는 언제까지 살아있을까.

우울의 자식

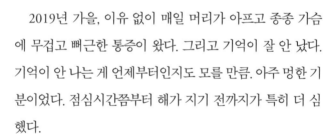

2019년 가을, 이유 없이 매일 머리가 아프고 종종 가슴에 무겁고 뻐근한 통증이 왔다. 그리고 기억이 잘 안 났다. 기억이 안 나는 게 언제부터인지도 모를 만큼. 아주 멍한 기분이었다. 점심시간쯤부터 해가 지기 전까지가 특히 더 심했다.

주변 환경과 반쯤 차단된 듯했다. 마치 술에 잔뜩 취해 공간과 시간이 뒤엉키듯 시간이 빠르게 가고 바깥소리는 잘 들리지 않았다. 몇 분 전의 일이 기억나지 않았고, 스스로 판단할 수 있는 게 별로 없었다. 그저 '내가 뭘 하려고 했더라', '뭘 하고 있었더라'만 반복했다. 과거와 미래 없이 그 순간에만 존재하는 것 같았다. 혹은 제멋대로 섞인 과거와 미래만 있고 현재는 없는 것 같았다.

그럴 때는 시간과 장면이 0.5배나 2.0배 속도의 영상처럼, 30프레임이나 120프레임 애니메이션처럼 흘렀다. 극단적으로 느리기도 빠르기도, 뚝뚝 끊기기도 부드럽기도. 나는 혼돈 속에서 중심을 붙잡듯 현재의 순간을 놓치지 않으려 애썼다. 정신을 똑바로 차리고 상황을 통제하려고 발버둥 쳤다. 하지만 의지로 가능한 일이 아니었다.

멍한 기분으로 시간 위를 표류하는 내 일상은 이런 식이었다. 외출하려고 옷을 고르다가 양손에 각각 카디건과 패딩을 들고 멍하니 정지해 있었다. 밖에 나가선 길을 잃거나 잘못된 방향의 버스를 탔다. 늦는다고 친구에게 전화하려고 해도, 친구 얼굴이나 느낌만 떠오를 뿐 이름이 기억나지 않아 전화를 걸지 못했다. 우여곡절 끝에 친구를 만났지만, 친구 말을 제대로 알아듣지 못하거나 내가 하고 싶은 말을 제대로 할 수 없었다. 특히 내 입에서 나오는 소리가 다 얼렁뚱땅 낯설게 들렸다. 입을 움직여 소리와 발음을 만들어 내는 것조차 어려운 일처럼 느껴졌다.

시간과 공간의 모든 맥락에서 뚝 떨어져 혼자 구름 속을 떠다니는 기분. 혹시 큰 병이라도 걸린 게 아닐까, 뇌의 어디가 잘못된 게 아닐까 걱정돼 인터넷에 검색해 봤다. '멍한 기분', '기억이 잘 안 나요', '20대 조기 치매' … 기타 등등.

검색 결과 중 내 상태를 가장 잘 설명하는 용어는 '브레인 포그'였다. 네이버 시사 상식 사전에 따르면 브레인 포그는 머리에 안개가 낀 듯 멍해 생각도 표현도 분명히 하지 못하는 상태를 말한다. 2020년 코로나에 걸렸던 이들이 후유증으로 브레인 포그 증상을 호소해 국내에 처음 알려졌다. 그러니 내가 처음 브레인 포그를 겪기 시작했던 2019년에는 한국어로 검색해봐야 결과를 얻기 어려웠다.

내가 아무리 "브레인 포그라는 게 있는데요. 제가 그걸 겪고 있어요. 심하게요. 친구 이름이 기억나질 않아요"하고 말해도 의사 선생님에게 즉각 닿지 못하는 게 당연한 때였다. 의사 선생님들은 브레인 포그를 인터넷에서 검색해 본 뒤, "이건 의학 용어가 아니에요" 했다. 브레인 포그보다 내 증상을 정확히 설명하는 의학 용어는 없는데.

뇌신경의학과 선생님은 우울증인 듯하니 정신과로 가

라고 했고, 정신과 선생님은 우울증의 해리 현상•이라고 했다. 그때부터 항우울제를 복용하기 시작했다. 덕분에 멍한 날이 열흘에서 사흘 정도로 줄었다. 몸도 마음도 좋을 때는 몇 달씩 선명하게 일상을 영위하기도 했다. 또 복용과 상관없이 혹은 우울한 정도와 상관없이 몇 주씩 멍한 날들이 이어지기도 했다.

몸도 마음도 아주 건강했던 2022년 봄에는 혼자 판단해 약을 끊었다(절대 안 된다). 잘 먹고 잘 자고 운동 꾸준히 하고 일도 열심히 하며, 즐겁고 건강한 시기였다. 여전히 병원에 다니고 약에 의존한다는 게 싫었다. 그래서 신경계를 디톡스한다며 술, 담배, 커피와 함께 약을 끊었었다. 하지만 6개월 만에 다시 멍해져 약도 먹고 술도 마시는 몸으로 돌아왔다.

2023년이 되었지만 나는 여전히 안개 낀 세상에 살고 있다. 약을 끊지도 못했고. 요즘 특히 멍한 나날이 하루도 빠짐없이 계속되고 있어 답답하다. 지금도 이 현상을 뭐라고

• 해리 장애(Dissociative Disorder): 의식이나 기억, 자기 정체감, 감정, 지각 등에 있어서 평소의 경험에서 벗어나 매우 다른 양상을 보이는 장애.(kawa 한인 정신건강협회)

불러야 할지 설명할 길은 없지만, 마치 내 세상 속 안개에 자아가 있는 것 같다.

아무 때나 뇌 속으로 성큼성큼 걸어 들어와 사고의 흐름을 차단하고 판단력을 망가뜨리는 폭군의 자아. 머릿속이라는 내 집, 그곳에 자주 찾아와 모든 것을 부수고 어지럽히는 강도의 자아, 그놈.

불청객이 떠나고 나면 나는 분주히 부서진 것을 수선하고 흐트러진 것을 정리한다. 하지만 그놈은 집이 이전의 모습을 되찾기도 전에 돌아오고는 한다.

친한 친구들은 이 증상에 대해 어느 정도 알고 있다. 내가 종종 멍하거나 이야기를 알아듣지 못하더라도 양해해 달라고, 증상을 설명해 두었다. 그래서 친구들과 함께 있을 때는 아무 맥락 없이 "왔다, 그놈" 하고 말했다. 친구들은 '그놈'이 정확히 어떤 건지는 몰라도 얘가 지금 멍청하구나, 대충 그렇게 이해했다. 덕분에 종종 '그놈'이 평소보다 횡포를 부릴 땐 친구의 팔을 붙들고 걷기도 했다. 그런 때는 중간 기억은 희미하고 정신 차려 보면 목적지였다.

선생님은 그놈이 우울증의 자식이라고 했지만, 사실 그놈은 특별히 우울하거나 우울하지 않은 것과 상관없이 등장했다. 오히려 그놈이 등장하면 특별히 우울해지고, 등장하지 않으면 하루를 무사히 넘긴 기쁨을 얻었다.

그놈이 등장할 때 나는 자주 죽고 싶다. 마치 교통사고를 당한 것 같다. 언제 당했는지는 몰라도, 교통사고를 당해서 뇌 어딘가를 조금 다친 것 같다. 후유증으로 일상생활이 어려운 장애를 평생 안고 살아가야 할 것만 같아서 죽고 싶다. 그래도 우울증 약을 먹으면 그놈의 방문 없이 명석하고 선명한 하루를 벌 수 있다. 약을 먹는다고 해서 완벽히 퇴치할 수 있는 건 아니라서 주로 나는 그놈과 '네가 나가니, 내가 나가니' 실랑이를 벌이며 살아간다.

그놈은 내 집에서 절대 안 나갈 듯 버틴다. 종종 집에 없는 시간이 더 긴 때도 있다. 집 구석구석 항우울제를 발라놓고 약발이 아주 잘 들 때나, 운 좋게 불규칙적으로. 그놈이 떠날 때면 황급히 현관 비밀번호를 바꾸지만, 도대체 어떻게 자꾸 들어오는 건지 베란다에서도 내 방 창가에서도 불쑥 나타난다. 강도처럼. 알몸으로 샤워하고 나오다 어딘가에서 나타난 그놈과 눈 마주치는 경험을 여러 번 하고 나면, 집에서도 안심할 수 없다. 이사를 한다고 못 따라

오냐.

안심할 수 없는 마음은 적극적인 불안이 된다. 어느 순간
부터 그놈은 집을 비울 때 '불안'이라는 새끼를 놓고 간다.
자기가 돌아올 때까지 나를 감시하라고. 그래서 혼자인 집
에서도 나는 불안하다. 그 강도 새끼가 언제 돌아올지 모른
다고 생각하며 손톱을 물어뜯는다.

결국 나는 집을 뺏겨, 뇌를 뺏겨, 하라는 대로 깊은 물가
로 스스로 걸어간다. 걸어가는 상상을 한다. 곱등이처럼 펄
쩍 뛰어가는 상상을 한다. 물가로 가면 모든 문제가 해결될
것 같은 기분에 사로잡혀. 아니, 시끄러운 찻길로 뛰어드는
상상을 한다. 아니, 창밖으로 뛰어내려 날아가는 망상을 한
다. 아니, 빈 방에서 조용히 손목을 긋는 환상에 빠진다. 내
뇌 속에 연기를 피우고 나를 조종하는 이가 있다. 그놈 때문
이든, 우울증 때문이든, 상관없다. 무엇이든, 돌아오지 마.
제발 떠나가.

제발제발제발제발제발제발제발제발제발제발제발
제발제발제발제발제발제발제발제발제발제발제발제
발제발제발제발제발제발제발제발제발제발제발제발
제발제발제발제발제발제발제발제발제발제발제발제
발제발제발제발제발 제발제발

내가 존경하는 여자 작가들은 모두 정신병 상태로 자살했다.

진단은 늦었지만,
ADHD

언제가 처음이라고 말할 수 없을 만큼 오래된 우울증을 '그놈'(해리 현상, 브레인 포그, 강도 새끼로 불리는) 덕에 공식적으로 진단받았다. 이후 꾸준히, 최소 한 달에 한 번은 정신과를 방문했다. 오랜 우울증은 '낫는다'는 개념이 없는 것 같다. 성장 과정에서 이미 내 성격의 구성 요소가 되어 삶과 지독하게 얽혀 있다. 그러니 나는 평생 정기적으로 정신과에 다닐 운명이다. 정신과 출석 3년 만에 ADHD 진단을 받았다.

서당 개 3년이면 풍월을 읊듯이, 정신과 3년에 나는 자신을 이리저리 의심하고 진단하기 시작했다. 각종 정신병에 관심을 가지다 보면 '내가 그래서 이런 행동을 한 거였군' 하는 돌팔이 분석으로 자신에 대해 더 잘 알게 되는 것만 같다. 그중 가장 의심되는 건 ADHD였다.

　당연하다. 학창 시절 공부에 집중을 더럽게 못했다. 대신 온갖 상상을, 한 번에 몇 시간은 거뜬히 해냈다. 상상은 주로 이런 식이었다. 국어 교과서에 하이힐이 나오면 좋아하는 아이와 하이힐을 신고 데이트하는 상상을 했다. 물론 하이힐 굽은 부러진다. 그럼 그 아이가 나를 업어서 집에 데려다주겠지. 역시 살을 빼야겠는 걸. 헬스장에 등록하는 상상을 한다. 헬스장에서 또 다른 귀여운 아이와 눈이 맞는다. 운동복이 필요하겠어. 운동복을 입은 내 모습을 상상한다. 최대한 이상적으로. 주로 어른이 된 모습이다. 운동복을 입은 열네 살의 나는 깡마르고 볼품없으니까. 어른이 된 나를 본격적으로 상상한다. 어른이 된 나는 쭉쭉 빵빵 미인일 거야. 잘 나가는 커리어 우먼이겠지. 서울대를 졸업했을 거야. 좋아하는 아이는 이미 잊은 지 오래다. 상상 속 내 옆엔 이미 더 잘생긴 남자가 있다.

물론 다들 공부할 때 다른 생각이 떠오르겠지(설마 아닐까? 언젠가부터 내게 당연한 것이 남에게는 당연하지 않다는 사실을 깨달았다). 공부에 집중하지 못했던 것보다 심각한 ADHD의 증거는 과잉 행동과 충동성이었다. 나는 항상 시끄러웠고, 눈에 띄었고, 사고를 쳤다. 하고 싶은 것만 하고, 하기 싫은 것은 절대 안 했다.

하기 싫은 것을 제대로 해내는 건 불가능에 가까웠다. 반면 하고 싶은 건 정말 잘 해냈다. 그래서 과하게 못하는 게 있어도 잘하는 것으로 메꿀 수 있었다. 적어도 멀쩡해 보였다는 것이다. 너무 부족한 아이로 보이지 않고. 그래서 더 ADHD의 존재를 발견하기 어려웠을 수 있다. 사고를 몰고 다니면서 성적까지 바닥이었다면 걱정의 대상이 되었을 텐데, 우리 부모님은 내가 한창 사고 치고 다니던 중학교 1학년 때까지 내가 영재인 줄 알았다. 그러니 '정신병원'에 데리고 갈 리 없었다.

'우리 애는 감정 기복이 좀 심해서 그렇지 자기 할 일은 잘해요~' 하고 말지.

아동 ADHD에 이어 성인 ADHD가 알려진 이후, 많은 사람이 '나 ADHD 아냐?' 하고 생각하는 듯하다. 주로 학창 시절에 공부하기 싫어서 딴짓하던 기억을 떠올린다. 현업에서의 집중력 부족이나 산만함을 연결 짓는다. 최근 들어 "진단은 받지 않았지만, 나 ADHD인 것 같아"라고 말하는 주변 사람이 많아졌다. 나도 그랬다. 실은 이것도 언제부터인지 기억이 안 난다. 언제부터 내가 ADHD일 것이라고 생각했더라? 언제부터인지는 모르지만, 분명히 알고 있었다. 나는 ADHD의 전형이니까. 그런데 왜 진단받기를 미뤘을까. 내 주변엔 ADHD 환자보다 나 같이 '진단은 안 받았지만 ADHD' 환자들이 더 많았다.

2021년 겨울, 친구가 ADHD 판정을 받았다며 처방 약을 먹기 시작했다. 약을 먹으니 정신이 선명한 기분이 든다고 했다. 그 얘기를 들으니 나도 ADHD인지 정확하게 알고 싶었다. 약을 먹으면 정신이 선명해진다는데 나도 약을 먹으면 산만하지 않고 사고 치지 않을 수 있을지 궁금했다. 하기 싫은 일은 모두 포기하고, 도망치고, 돌려막으며 사는 삶, 끝낼 수 있을까? 반신반의하며 평소처럼 정신과에 갔다. 평소와 같은 상담이 이어졌다. 요즘도 멍하신가요, 네, 항우울제 먹으면 그래도 나아요. 네, 항우울제 저번과 같은 용량으로 드릴게요. 네, 근데,

"선생님, 저 ADHD인 것 같아요."

"왜 그렇게 생각하셨나요?"

내가 얼마나 미쳤는지 증명해야 할 것 같았다.

"줄곧 제가 제정신은 아니라고 생각했어요. 집중력이 안 좋고 산만한 건 당연하고요. 학창 시절부터 문제와 사고를 몰고 다녔어요. 뭘 부수거나, 사건을 만든다거나 하는 식으로요. 제가 있으면 어디든 시끄러웠어요. 특히 힘든 건 남에게 실수를 자주 하는 거예요. 뇌를 거치지 않고 충동적으로 말해요. 남의 경계를 넘지 않는 게 너무 어려워요. 아무리 노력해도 정신 차려보면 충동적인 말로 남에게 잘못한 후예요. 그리고 지독하게 후회하고………… 또, 늘 뭔가에 꽂혀 있어요. 아주 다양한 것에, 미친 사람처럼요. 그걸 하느라 다른 건 못 할 정도로요."

선생님은 걱정하는 목소리와 표정으로 답했다.

"ADHD 진단을 하려면 검사지 검사와 컴퓨터 검사를 해야 하는데, 지금 말씀하신 것만 들어봐도 어느 정도 ADHD 진단이 가능할 듯하네요. 우선 검사지 검사를 받아보세요."

검사지를 받아 든 순간부터 헛웃음이 났다.

- 말이 많다.
- 가만히 있지 못한다.
- 부주의한 실수를 많이 한다.
- 쉽게 산만해진다.
- 일상적인 것을 잘 잊는다.
- 체계적이고 조직적인 일이 어렵다.
- 지속적인 주의 집중이 어렵다.
- 다른 사람들 일에 끼어들거나 방해한다.
- 순서를 잘 지키지 못한다.•

거의 모든 문항에 '매우 그렇다'로 답하며 우리 집에 CCTV가 달린 게 아닐까 생각했다. 심지어 '높은 곳으로 기어오른다'는 항목까지 내 이야기였다. 나는 난간이나 담장 위 등 언제나 높고 아슬아슬한 곳에 앉아 있는 것을 좋아한다. 아니, 내가 지금 무당집에 와 있는 건지도 모른다. 아주 용한 무당집에 가면 앉기도 전에 나에 대해 다 얘기하

• 국립나주병원 홈페이지의 ADHD 설명에서 발췌

는 그런 것 있지 않나. 그 무당은, 묻지도 따지지도 않고 엄숙하게 말할 것이다.

그거 다 ADHD 귀신 때문이야. 걔만 떼어내면 돼.

심한 ADHD 환자는 정신과에 찾아가는 것조차 힘들다. 병원 예약일과 시간을 맞추기가 어렵기 때문이다. 물론 내 이야기다. 병원에 가다가 다른 곳으로 새고 싶을 수도 있고, 예약일이지만 병원에 가기 싫을 수도 있다(같은 이치로 예약이 필수인 식당은 잘 안 간다. 못 간다. 예약 시간에 어떤 음식이 먹고 싶을 줄 알고 예약하겠는가). 고로 나는 정신과조차도 한 군데만 꾸준히 다니지 못한다. 주로 가는 곳은 예약 없는 병원이다. 오래 기다려야 해서 힘들기는 하다. 하지만 예약 없이 당일에 가서 기다리는 게 미래를 약속하는 것보다는 쉽다.

첫 ADHD 판정을 받고 몇 주 후엔 예약이 필요 없는 다른 병원으로 갔다. 지난달에 ADHD 판정을 받았다고 말씀드렸다. 선생님은 검사지로는 정확한 결과를 얻을 수 없으니 컴퓨터로 다시 검사하자고 했다. 그러고는 나를 좁고 하얀 컴퓨터 검사실에 밀어 넣었다. 도형 순서 맞추기나, 특정

도형이 나올 때 엔터를 눌러야 하거나 누르면 안 되는 등의 한 시간짜리 검사였다.

이 컴퓨터 검사에 대해서는 같은 ADHD 환자이더라도 후기가 확연히 갈린다. 게임 같아서 재밌었다는 사람도 있고, 그냥 검사였고 별것 아니었다는 사람도 있고, 죽을 맛이었다는… 나도 있다. 한 시간 동안 집중해서 엔터를 누르고 누르지 않는 게 거의 고문이었다. 작고 하얀 방에서 나는 말 그대로 미쳐갔다. 30분이 지났을 무렵에는 자포자기한 채 엔터를 누르면 안 되는 순간에도 마구 내리쳤다. 그건, 충동성과 집중력 검사 부분이었다.

"선생님… 검사가 너무 힘들어서 죽을 것 같았어요."

선생님은 독방에서 초주검이 되어 나온 내 표정을 살폈다. 검사 결과를 볼 필요도 없었다. 내 얼굴에 다 쓰여 있으니까. 저는 30분도 집중할 수 없는 지독한 ADHD 환자입니다. 저를 당장 학술 연구용으로 쓰셔도 됩니다. 최고의 샘플이 당신 눈앞에 있습니다.

약을 받았지만, 약이 나와 맞지 않아서 선생님과 상의 후 몇 주 만에 끊었다. 정신이 선명한 기분 같은 건 없었다. 대신 선명하게 입맛이 없었다. 이렇게 입맛이 없는 건 처음이었다. 어떤 상황에서도 밥은 굶지 않는 나인데 밥이 먹기 싫다니. 뭘 먹어도 이렇게나 맛이 없다니. 차라리 맹하게 살고 말지. 정신의 또렷함과 미각은 등가교환일지도 모른다. 나는 산만하지만 어릴 때부터 미각만은 뛰어났다.

약물 치료를 그렇게 쉽게 포기할 거면 ADHD 판정받은 이유가 없지 않나… 싶을지도 모르지만 판정은 내게 새로운 의미가 되었다. 오래도록 죽고 싶었다. 나는 왜 이렇게 경솔할까, 문제를 일으킬까, 남의 경계를 넘는 말실수를 할까, 해야 할 일은 하나도 하지 못하고 왜 다른 일만 열심히 할까.

연쇄적 자기혐오의 말은 사실 내가 아니라 내가 가진 병이 쏘아대는 말이었다. 병을 인지하지 못할 때, 그 화살은 다 내 맨살에 꽂혔다. 모든 부정적인 것은 나의 특성이었다. 병의 특성이 아니라. 그런데 그것을 병으로 인지하는 순간 모든 게 달라진다. 나의 그 원망스러운 점이 내 안이 아니라 외부에 있음을 알게 된다. 입고 벗을 수 있는 것임을 배운다. 당장은 벗는 방법을 모르더라도, 병과 나를 분리해 생각하게 된 것만으로도 지금은 충분하다. 어린아이도 엄마로부터 분리되어 결국은 스스로 옷 입고 벗는 법을 배우는 것처럼. 나는 평생을 함께한 병과 이제야 분리되었다. 병과 내가 각각의 개별체 임을 인지하는 단계에 있다.

그렇게 처음, 거울 앞에 섰다.

내 행복이
거짓이라고요?

정신질환의 가장 잔인한 점은 병이 나를 숙주 삼아 숨어 산다는 것이다. 문제를 일으키고는 내 안에 숨어 모든 문제가 나의 문제가 되도록 한다. 문제를 짊어진 내 마음이 스러져 갈 때, 병은 힘을 얻고 몸집을 불린다. 그렇게 마음속 기생충 같았던 병이 정신의 지배자가 되기도 한다.

그러니 병을 나로부터 분리해 직시해야 한다. 병의 특성을 나의 부족함으로 치환하지 말아야 한다. 자책은 병을 악화시킬 뿐이다. 병을 병으로 인식해야 적절한 치료를 통해 통제할 수 있다. '정신병을 달고 있는 나'는 예측 불가능하지만, 병은 예측할 수 있다.

하지만 정신병은, 바로 똑 떼어 치료할 수 있는 것이 아니다. 내 성격과 성향의 모든 지점과 얽혀 있다. 말하자면 정신병은 정신이라는 정원의 야생 칡넝쿨이다. 정원에서 자라는 모든 식물과 얽혀 있다. 공들여 심은 식물들의 양분을 빼앗아 자라는 존재다. 눈 깜짝할 새 뿌리 내린 칡이 정원을 망쳤다고, 자신의 무능함을 탓하는 사람은 별로 없다. 태풍이 올 때 정원이 망가지는 것 같은 자연의 일이다. 우리는 그저 '에이, 칡 때문에 정원 망쳤네' 하고 말한다.

그러니 정원을 혼자서 잘 가꾸지 못했다고 탓할 것 없다. 여기서부터는 전문가의 영역이다. 완전히 포기하고 방치하기보다는 전문가의 도움을 받아 매일 조금씩 칡을 캐내면 된다. 다 뽑아내지 못해도 괜찮다. 사실 칡에도 꽃은 핀다. 아주 예쁜 자주색 꽃이.

자주색 칡꽃이 일제히 개화할 때면 눈부시게 아름다워서 그냥 이대로 둘까 싶기도 하다. 하지만 그대로 두면 다음 해엔 돌이킬 수 없을 만큼 크게 번질 테다. 애써 심어둔 소중하고 아름다운 것들을 모두 파괴할 것이다.

정원을 지켜내는 마음을 잊어서는 안 된다. 살다 보면 자주색 칡꽃과 노랗고 파란 여름 꽃이 조화로이 다채로운 순간도 있을 것이다. 아름다운 정원에는 비구름도 뭉게구름도 머무르기 마련이다.

내 정원에는 흙이 다 떠내려가도록 오래 비가 오곤 했다. 그런데 아마 몇 달 전, 비구름이 떠났다. 물을 잔뜩 받아먹은 칡꽃이 활짝 피었다. 다른 꽃들은 큰 비를 이기지 못하고 누웠는데, 질긴 칡꽃만 피어 뜨거운 햇살 아래 꽃잎을 펼쳤다.

온종일 비만 내릴 때 나는 자주 죽고 싶었다. 죽고 싶을 때는 이미 죽었다고 해도 믿을 만큼 외로웠다. 죽어서 지옥에 있는 것 같았다. 그래서 연애에 온몸을 기대려 했다. 연애가 내 집이 되어 주길 바랐다. 가족으로부터 도망친 내게, 가정이 되어 주기를 기대했다. 외로운 섬으로 스스로 걸어 들어온 나의 버팀목이 되어 주기를 요구했다. 하지만 연애에 기대서는 아무것도 나아지지 않았다. 연애는 버팀목이 되어 주다가도, 폭우가 오면 아랫 부분부터 무너졌다. 연애란 모래 위에 박힌 버팀목이었다. 연애라는 버팀목에 온 힘을 다해 매달리다가 넘어지면 한동안은 다시 일어설 수 없었다. 그 힘을 혼자 일어서는 데 썼어야 했다.

연애에 기대기를 마침내 포기하면서 혼자 서는 법을 처음부터 다시 배웠다. 그리고 넘어지지 않게 되었다. 우울하지 않다는 것은 내가 홀로 서 있다는 증거였다. 우울함에 매몰되지 않은 나 자신이 대견했다. 이제는 뭐든 혼자서 잘 해낼 수 있을 것 같았다. 그리고 행복해졌다. 아주 많이. 행복이 몸속에서 간질간질해서, 그 행복을 화동의 꽃잎처럼 뿌리고 다니고 싶은 정도였다.

여느 때처럼 정신과 정기 상담을 하러 갔다. 해리 현상이 있다고 말했고, 그간 항우울제 효과가 어땠는지 말했다. 평소라면 3분 내로 끝날 일이었다. 대화를 마치기 전, 나는 문득 넘치는 행복을 꺼내 들었다. 병원에 가면 할 말을 자주 까먹는 편인데도, 잊지 않았을 만큼 우울은 작고 행복은 거대했다.

"아! 근데 선생님, 저 요즘 행복해요."

항우울제를 줄여도 되지 않을지, 혹시 해리 현상이 우울증 때문이 아니라 다른 증상은 아닐지 재고해달란 뜻이었다. 실제로 요즘의 나는 아주 행복해서 차에 둔 양면 문어

인형(잠깐 유행했던 것으로, 뒤집으면 분홍색과 파란색으로 색이 바뀐다. 분홍색일 때는 화내는 표정, 파란색일 때는 웃는 표정이 그려져 있다)이 화낼 틈이 없었다. 모든 일이 잘 풀렸다.

썩은 버팀목 같던 연애에 매달리는 것도 그만뒀다. 두어 달쯤 힘들었지만 힘든 시기를 잘 지나왔다. 연애 대신 업무와 시간을 더 많이 보냈다. 아침 9시부터 밤 10시까지 일해야 할 정도로 바빴고, 유능하다는 말을 밥 대신 먹었다. 근 일 년간 돈도 많이 벌었고, 오래 집을 보러 다니다 흠 하나 없는 새집으로 이사했다. 코로나가 끝나 소원하던 해외여행도 자주 다녔다. 혼자서 잘 놀고 잘 지내게 된 내가 좋았다.

전엔 일이 잘 풀리면 그저 운이 좋았다고 생각해 뒤에 다가올 어둠을 상상하곤 했다. 그때 한 친구는 내게 "여자들은 유독 자신의 성공을 부정하는 경향이 있다"고 말했다. 남자들은 성공의 원인을 한 치의 의심도 없이 자신의 능력으로 돌리는데, 여자들은 운으로 돌린다는 것이었다.

나는 줄곧 커리어 상승은 운, 하락은 무능력이라 말해왔다. 하지만 친구의 말을 들은 후로는 상승이든 하락이든 내 능력이라 믿기로 했다. 상승세에 있던 나는 전에 없던 자신감이 솟았다. 모든 일이 내 능력 덕이라 생각했다. 내가 그렇게 믿기 시작한 후로 더 많은 사람이 날 능력 있는 사람이라 불렀다. 선순환만 존재하는 것 같았다. 좋은 일이 눈덩이처럼 불어날 것만 같았다.

그런데 의사 선생님은 행복한 나를 축하해 주지는 못할망정… 의심의 눈길을 보냈다.

의사　어떻게 행복하신가요?

나　요즘 일이 다 잘 풀려서 그냥 항상 기분이 좋아요. 긍정적인 생각만 하고요.

의사　뭐든 다 잘될 것 같고요?

나　실제로 그래요.

의사　혹시 방방 뜨거나 하진 않으세요?

나　어… 종종 아침에 출근 준비하다 기분 좋으면 양팔을 휘두르며 돌아다니긴 해요.

의사　전에도 그렇게 방방 뜬 적이 있으셨나요?

나　자주 그랬던 것 같은데요?

의사　(심각) 소비를 전보다 많이 하시나요? 충동구매를 한다든가.

나　네, 근데 수입이 늘어서 그런 거라고 생각해요.

의사　한 달에 얼마나 쓰시나요?

나 ?00만 원 정도…. 하지만 수입 내의 금액이라 저는 괜찮다고 생각하는데요(사실은 조금씩 수입을 넘어가고 있지만 그건 비밀이다).

의사 (더 심각) 혼자 사는 사람이 그만큼이나 쓴다는 건 정말, 일반적이지 않아요. 수입과 상관 없이요. 계속 그렇게 지내면 일 년 후 얼마나 남을까요?

나 남는 게 없겠죠. 근데 상관없어요. 저는 돈 모으는데 별로 욕심이 없어서요.

의사 (왕 심각) 그래도 그건 안 돼요. 위험해요. 사람도 많이 만나시나요?

나 최근 성인 학생들과 브런치 하거나 술 마시러 다닌 적이 좀 많긴 해요.

의사 아이디어가 샘솟고 그걸 당장 실행하고 싶으신가요?

나 그건 제 평생 그래왔는데요. ADHD라서요.

의사 하는 일마다 자신감이 넘치시나요?

나 직업적으로… 잘 되고 있으니까요?

.

.

.

의사 경조증으로 보입니다. 항우울제는 조증을 악화시 켜요. 오늘부터는 경조증 약을 같이 복용하고, 항 우울제 복용은 곧 중단할게요.

나 아니 그냥 상황적으로 정말 잘 풀려서 그런 거라 고 생각하는데요! 저 항우울제 없으면 불안해요. 일상생활이 어렵다니까요. 그리고 저는 지금 이 행복한 상태가 정말 마음에 들어요. 경조증약 안 주시면 안 될까요?

의사 위험해요. 지금까지는 모든 게 잘 되어가는 것 같 아도, 무슨 일이 생길지 몰라요. 예방해야 해요.

나 하지만! 요즘 삶이 정말 마음에 들어서 이대로 살 아가고 싶은데요!

의사 그러다 사고 나요. 지금 이룬 거, 다 잃을 수 있어 요.

나 넵.

시바… 내 행복이 거짓이었다니. 아련히 문을 닫고 진료 실을 나왔다.

차 문을 열면서, 의사 선생님이 이상한 게 아닐까? 그냥 가치관이 다른 걸 잘못되었다고 얘기하는 건 아닐까?

시동을 걸면서, 아니 우울하지 않다는데 행복하지도 말라고?

엔진을 예열하면서, 도대체 누가 멀쩡한 사람인 거야? 부처야?

액셀을 밟으며, 그럼 정신병 없는 사람이 어딨어!

* 경조증 진단을 받았지만, 전체 내용에서는 편의상 '조증'으로 언급합니다.

모든 게 잘되고 있다는 믿음: 조증 선글라스

돌아오는 차 안에서 '라이프 앤 타임'의 〈급류〉를 들었다. 거대한 파도가 회오리치는 듯한 음악이다. 겨울 눈보라 속 바다가 얼어붙지 않겠다고 격동하는 것만 같다. 빠르고 격렬한 음악을 최대 음량으로 틀어놓고 텅 빈 낮의 도로를 달렸다. 차 안을 울리는 음악이 강렬함을 넘어, 공간을 산산조각으로 깨뜨리는 것 같았다. 음악을 따라 정신도 기억도 끊기는 것 같은 기분으로 집에 왔다.

오는 길 내내

'내 행복이 거짓이라고?' 혼잣말을 되뇌었다.

'우울하면 병이래서 행복해졌더니 또 병이래' 원망했다.

'대체 우울하지도 않고 과하게 행복하지도 않은 상태가 어디 있어?' 속으로 따졌다.

어느 정도 행복해야 '괜찮은' 행복인 걸까? 행복에는 한도가 없다고 믿었는데, 한도 없이 뻗어나가는 행복은 정신과 문턱에서 저지됐다. 그 문 앞에는 문지기인 의사 선생님이 서 있다. 나는 그 문 앞에 서서 지나가게 해달라고, 내 행복이 정신과 문턱을 넘어야 할 여러 가지 이유를 댔다. 하지만 무엇도 통하지 않았다. 의사 선생님은 '잡았다 요놈!' 하는 엄한 표정으로 처방 약을 들려줄 뿐이었다. 그 앞에 선 나는 돌아서기를 망설이며,

저, 그냥 행복하게 해주세요.

.

.

.

내 절친한 친구 A는 심리상담사다. A에게 전화해 억울

해하며 말했다.

나　내가 행복한 게 조증이래.

A　정말? 나 조증 처음 봐. 책에서만 봤어.

나　내가 조증이라니까?

A　신기해! 조증 환자들은 나를 안 찾아온다? 행복하니까. 그래서 볼 기회가 없어.

나　나 조증 같아?

A　(더욱 신기해하며) 처음 봐서 모르겠는데.

나　들어 봐. 너는 나를 오래 봐 왔지만 의사 선생님은 나를 모르잖아. 나는 내가 우울을 극복하고 외향적이었던 모습을 되찾은 것 같아. 우울하기 전의 나는 긍정적이었고 언제나 사람들에게 둘러싸여 있었잖아. 게다가 요즘 돈도 잘 벌지, 운동도 열심히 하지, 자신감이 없을 수가 없어. 근데 선생님은 자신감이 조증에서 나오는 거라서 까딱 잘못하다간 사고 칠 거라고 하셔. 그 말을 듣고 나니까 꼭 내 행복이 다 거짓이라고 하는 것 같아.

A　의사 선생님 진단에 내가 뭐라고 말할 수가 없어서 지켜 봐야 알겠는데. 내가 책에서 본 조증 사례

는 이런 거였어. 뭐든 할 수 있다는 자신감이 넘쳐서 말도 안 되는 사업에 빚을 내 투자한다든가. 세상 누구든 꼬실 수 있다는 자신감으로 공작새처럼 화려하게 꾸미고 다닌다든가. 원나잇을 엄청나게 하고 다닌다든가.

나 원나잇은 무슨, 나는 너무 조신해서 탈이지. 다 잘 될 것 같은 기분은 넘치지만, 투자는 안 하니 괜찮은 것 같아. 또…. 옷을 좀 많이 사긴 했지만, 이런 것도 해당되는 걸까? 나 원래 패션 좋아하잖아.

A 지금 너 정도면 위험해 보이지는 않는데.

나 역시 의사 선생님이 조금 과하게 걱정하신 게 아닐까?

A 조울증 환자 대부분이 자살 시도 경험이 있을 정도로, 조울증은 위험한 병이야. 예방 차원이었을 수도 있어.

나 조증이면 자신감이 넘치고 행복한데 왜 자살해?

A 조증은 대개 우울증과 같이 와. 조증 에피소드와 우울증 에피소드가 번갈아서 등장하는 것을 조울증이라고 하는 거야. 조울증 환자는 조증에서 날 듯이 행복했다가 우울증으로 한 번에 곤두박질치

는 경험을 하게 돼. 그러니 극단적인 감정 변화 때문에 우울을 더 감당할 수 없게 되는 거야. 조울 패턴을 반복적으로 겪어 본 사람은 조증일 때 자살하기도 해. 우울증으로 추락하기 전에 자살하는 거지. 게다가 조증에서는 뭐든 할 수 있을 것처럼 자신감이 넘치잖아. 우울증에서는 무기력해서 아무것도 할 수 없을 것 같은데.

조증 진단 기준이 있는데… 기다려 봐. 이상할 정도로 의기양양하거나 과잉된 기분이 일주일 이상 지속됐어?

나 의기양양하기는 하지. 행복해서 고양된 기분이야. 언제부터였는지 잘 모르겠는데, 몇 달은 된 것 같은데.

A 그래? 조증일 수 있을 것 같다. 7가지 질문을 할 테니 들어봐. 첫 번째, 자존감이 전보다 높아진 것 같다거나, 자신감이 넘쳐?

나 자존감은 모르겠고 자신감은 넘쳐. 좋은 일거리가 앞으로도 계속 들어올 것 같고, 가장 윤택한 시기가 찾아온 것 같아.

A 두 번째, 요즘 잠은 잘 자니? 세 시간만 자고도 일

상생활에 무리가 없다든지 하지는 않지? 너 요즘 바쁘잖아.

나 아무리 바빠도 잠은 잘 자지. 심한 우울증 상태 아니면 어디서든 잘 자잖아. 평소와 다름없이 일고여덟 시간 정도 자는 것 같아

A 세 번째, 평소보다 말을 많이 하거나, 말하기를 멈출 수 없을 것 같은 기분이 들기도 해?

나 알다시피 원래 말 많은데. 요즘 말을 더 많이 하기는 해. 사람들을 전보다 많이 만나니까 그런 게 아닐까.

A 네 번째, 생각이 연달아 일어난다든가, 사고의 비약, 그러니까 작은 생각이 거대한 결론으로 닿지는 않아?

나 그거 의사 선생님이 물어본 것 같은데. 아이디어가 샘솟냐고? 나는 항상 샘솟지~ 사고의 비약은… 그런 건가? 이상형과 옷깃만 스쳐도 머릿속에서 결혼하고 애까지 낳는 거? 그것도 또 내가 천재지.

A 알지. 잘하지. 다섯 번째, 요즘 특별히 산만해?

나 언제 특별하다고 말할 것도 없이 저는 심각한

ADHD 환자입니다. 이거 하다가 저거 하다가 늘 그렇지 뭐.

A   여섯 번째, 목표 지향적 활동의 증가. 예를 들면 일에 과하게 몰두하는 것. 어떤 목표를 향해 앞뒤 재지 않고 몰두하는 거야.

나   아무래도 바쁘니까 그렇지? 요즘 하루에 열세 시간씩 일할 때도 있어서, 밥도 못 먹는 날이 많아.

A   마지막 일곱 번째! 고통스러운 결과를 초래할 쾌락적 활동에 지나치게 몰두한다.

나   쾌락?

A   아까 말했던 예시들이 여기에 해당해. 말아먹을 사업에 투자하는 것, 원나잇을 지나치게 하는 것, 충동구매를 잔뜩 하는 것.

나   신용카드 청구서가 엄청나기는 하지. 사놓고 뜯지도 않은 옷이 몇 벌 생기기도 했고. 그래도 아직 괜찮은 범위라고 생각해.

A   (어이없어 웃으며) 너 조증 맞다. 내가 불러 준 7가지 진단 기준 중에 3가지만 해당해도 심각한 조증이라고 쓰여 있어.

나   (숨넘어가게 웃고 책상을 탕탕 치며) 나 조증 맞나 봐.

7가지 중 6가지에 해당해. 근데 대부분은 ADHD 특성 같아. 알다시피 나는 원래 산만하고, 뭐에 하나 꽂히면 과몰입하고, 말 많고, 아이디어가 넘치잖아. 자신감은 요즘처럼 잘 풀리면 없을 수가 없는 거고. 나 좀 억울해. 너무 잘 풀려서 잘 풀린다는 생각을 안 할 수가 없는데, 이것도 병이라고? 이게 다 거짓이라고?

A   너 요즘 진짜 잘 풀리긴 했지. 근데 꼭 네가 그렇다는 건 아니지만, 조증 환자의 판단은 착각인 경우가 많아. 사고의 비약 때문에 객관적 판단이 불가능한 거지. '나는 사랑받는 사람이야. 그러니 상대방에게 욕을 해도 사랑받을 수 있어' 하는 생각을 한다든가.

나   내가 조증이면, 진짜라고 믿고 있는 것이 사실 통째로 거짓인 걸까? 사실 모든 게 잘 되어가고 있지 않은 거야. 의사 선생님에게 내 생활이 얼마나 잘 굴러가고 있는지 말할 때 왠지 기분이 이상했어. '의사 선생님이 나를 허언증 환자로 생각하지 않을까?' 하는 생각마저 들었어. 내 입에서 나오는 이야기가 어색하게 느껴지더라. 너무 좋은 것밖에 없어서.

그렇다. 의사 선생님 앞에서 나는 허언증 환자가 된 것만 같았다. 내 입에서 좋은 이야기밖에 나오지 않아서, 거의 비현실적으로 느껴져서, 말하면서도 의심될 정도였다. 정말 이렇게 온 우주가 나를 돕고 있다고? 내가 과장하고 있는 것은 아닐까?

하지만 정말로 근거 있는 자신감이다. 최근 경력에 크게 도움 될 만한 좋은 일거리가 들어왔고, 숨 돌릴 틈 없이 바빴고, 돈을 많이 벌었다. 최근 이사한 집은 포근하고 예쁘며 흠이 없었다. 틈틈이 운동도 열심히 하고, 주말엔 호텔에서 호캉스를 즐기고 휴가 때는 해외로 여행 다니며 일과 삶의 균형을 이루었다. 행복하지 않을 리가, 자신감이 없을 리가 없지 않아?

이렇게 스스로가 하는 말을 믿지 않는 허언증 환자와 잘 나가는 알파걸의 자아를 왔다 갔다 했다. 혼란스러웠다. 하지만 조증인지 아닌지가 중요한 게 아니었다. 더 중요한 것은 우울증이 떠나갔다는 사실이다. 기뻐해야 했다. 혼란스러운 마음보다 열 배는 더 기뻐하고 온전히 만끽해야 했다.

최근 몇 달간 우울한 날이 단 하루도 없었다. 죽고 싶은 마음에서 완전히 해방되었다. 우울증이 다시는 돌아오지 않을 것만 같았다. 어둠 속에 오래 방치되어 있던 사람이 마침내 빛을 보았을 때, 행복하지 않을 리가 없다. 그러니 무엇보다도, 우울이 떠나갔다는 행복감이 내 삶을 안정적으로 받쳐주었다.

이전에 나를 우울하고 죽고 싶게 만드는 건 주로 가족이었지만, 가족만큼이나 나 자신도 문제였다. 깊이 생각하지 않고 말을 뱉는 것은 내 치명적 단점이었다. 남에게 실수하고, 남의 경계를 넘는(부수는) 일이 너무 잦았다. 그런 의도가 아니었다고 수습하려 해도 말은 주워 담을 수가 없다. 왜 물과 말은 주워 담을 수가 없을까. 나에게야말로 타임머신이 필요하다. 나는 충동적으로 던지는 말과 농담으로 주변 사람에게 상처를 주고는 했다. 그런 자신을 경계하지만, 아무리 노력해도 잘 안 됐다.

나는 너무 시끄러운 사람이었다. 그런 나를 증오했다. 주둥이를 테이프로 감아 버리거나 몸뚱이를 어느 독방에 가둬버려야만 했다.

2020년 여름에 제주도 시골 마을로 이주했다. 여름 한 철을 보내러 왔다가, 사람을 거의 마주칠 일 없는 조용함이 좋아서 눌러앉았다. 서울에서는 원하든 원치 않든 많은 사람과 만나고 그사이에 끼어 살아야 하는데 그게 버겁던 참이었다.

시끄럽고 경솔한 나는 사람을 마주치지 않는 게 나았다. 아예 혼자 살아가는 것이 나을지도 몰랐다. 그래서 현관문 열면 밭, 창문 열면 산인 곳에 자리 잡았다. 출근하는 길에 숲과 바다를 지나고, 퇴근길에는 고라니를 만나는 곳이다. 집 근처에서 누군가를 마주치는 일은 드물다. 그러니 사람을 만나기보다는 혼자만을 위한 집을 가꾸며 사는 데 더 익숙해졌다.

하지만 영어 강사라는 직업상 나는 필연적으로 사람을 만나고, 여전히 말실수를 한다. 말실수를 한 것 같은 날엔 (거의 매일) 내내 내가 한 말을 곱씹는다. 몇 달을 곱씹기도 한다. 그리고 고요한, 아무도 없는 집에 들어오며 다짐한다.

최대한 사람을 만나지 말자. 다른 사람과 깊게 엮이지 말자. 혼자서도 잘 살아갈 수 있어.

나 자신을 가둔다고 생각하며 살던 때는 사람들과 만나는 것이 부담스럽고 어려웠다. 즐거울 수 없었다. 두려움에 새로운 친구를 만들 수도 없었다. 그런데 최근에는 전과 다르게 사람들을 많이 만났다. 새로운 친구를 사귀는 데 거리낌이 없었다. 심지어 제주도로 이주한 이후 찾아간 적 없던 서울에 가서 친구들을 잔뜩 만났다. 제주도에서는 평생 봐도 다 못 볼 만큼 많은 사람과 부대끼며 지하철을 타기도 했다. 지하철에서 내리면 강박적으로 손을 씻기는 했지만.

사람을 많이 만날수록, 사람 간의 사랑에 취했다. 사람이 주는 애정이 좋았다. 말을 떼기도 전부터 나는 사람이 주는 애정과 관심을 갈구했다. 그래서 사람들 무리의 중앙에 서서 큰 목소리로 큰 행동을 했다. 나를 싫어하는 시선만큼이나 호기심과 관심 그리고 애정의 시선도 쏟아졌다. 만족스러운 양의 사랑을 섭취할 때 살아있음을 느꼈고, 이를 삶의 원동력으로 삼았다. 사랑받는 기분이 나를 숨 쉬게 하고 내일을 향해 움직이게 했다. 애정과 사랑의 총량이 내겐 중요했다. 그 포근함에 흠뻑 젖어 잠 못 이루는 날도 있었다. 그런 밤에는 피곤하지도 않았다. 우울의 불면과 사랑의 불면은 너무도 다르다.

넘치게 사랑을 주고받던 예전의 나로 돌아온 걸까? 스스로 가두는 일은 그만하게 된 걸까? 너무 눈에 띄던 나를 싫어했지만, 그것도 나라는 사실을 없애버릴 순 없었다. 나의 핵을 뽑아내려고 노력해왔다. 하지만 나를 죽이지 않는 이상 천성을 죽일 순 없었다. 잠시지만 자신을 상실한 채 살아가고 있었다.

산만하고 시끄러운 과거의 내가 싫었다. 아니다, 몰래 좋아했다. 사람들 무리의 정중앙에서 텀블링을 선보이는 부끄러운 사람일지라도. 그때의 나는 낮엔 즐겁고 밤엔 우울했다. 나 자신을 좋아하기도, 혐오하기도 했으니까.

우울증이 사라진 지금은 낮에도 즐겁고 밤에도 즐겁다. 그렇다면 지금이 가장 이상적인 버전의 내가 아닐까? 나는 자신에 대한 증오를 깨고 다시 태어났다. 이 성장을 선생님이 오해한 것은 아닐까? 오해가 아니라면? 정말 내가 조증이라면? 이 행복을 조증이 가져다준 것이라면? 그렇다면 조증도 나의 한 부분으로 품고 가고 싶다. 이대로 행복하고 싶다.

선생님, 저는 지금의 제가 좋아요. 약 안 먹고 싶어요.

선생님의 마지막 말이 다시 떠올랐다.

"그러다 사고 나요. 지금 이룬 거, 다 잃을 수 있어요."

고백도 안 했는데
차였어요

"그러다 사고 나요. 지금 이룬 거, 다 잃을 수 있어요."

정신과 선생님은 선하고 무심한 눈을 가지고 있다. 그런 눈으로 정확히 내 눈을 바라보며 '다 잃는다'니. 그런 생각은 해 본 적도 없는데. 어떻게 잃는다는 건지 상상조차 되지 않았다. 하지만 무시하기엔 너무 강렬한 말이었다. 얌전히 "넵" 하고 대답했다.

처음 보는 약을 받아 왔다. 감정 기복을 조절하는 약이라고 했다. 기존에 복용하던 길쭉한 항우울제가 반토막이 되었다. 그다음 주부터는 그마저도 없어질 것이었다. 항우울제는 기분을 좋게 만드는 약이기 때문이다. 이미 하루 종일 기분이 좋은데 항우울제를 먹을 수는 없는 노릇이니까. "그럼, 해리 증상은요?" 하고 물었지만 지금은 해리 증상을 막는 것보다 경조증이 더 심각한 문제라고 했다.

약물 중독자의 심정을 알 것 같았다.

'행복을 뺏기는 것까지는 알겠어요(이미 머릿속에서 의사 선생님은 나를 돕는 사람이 아니라 행복을 뺏어가는 사람이 되었다). 근데 항우울제만은 안 돼요….'

애원하고 싶었다. 다 잃는 것만큼이나 해리 증상이 찾아오는 것도 무서웠다. 해리 증상이 찾아오면 일상생활이 안 돼. 그럼, 다 잃어. 경조증이 찾아오면 기분이 좋아서 문제야. 그럼, 다 잃어. 어차피 결과는 똑같은데 기분이라도 좋아야 하는 것 아닌가?

반신반의하며 그날 밤부터 처방 약을 복용했다. 약을 먹기 전과 후가 뭐가 다른지 전혀 모르겠다. 먹고 나면 저항할 수 없을 만큼 졸린다는 점을 빼고는. 여전히 기분이 좋았다. 항우울제를 아직 완전히 끊지 않았기 때문에 해리 증상도 오지 않았고.

아침에 일어나면 음악을 틀어놓고 양팔을 휘두르며 거실로 나갔다. 아침 햇살에 키스를 보내는 것도 잊지 않았다. 오늘도 제주의 햇살은 어찌나 빛나고 아름다운지 감탄하면서. 그 햇살을 담은 우리 집은 또 얼마나 안락하고 포근한지. 예쁜 우리 집을 둘러보면 모두 내 것이라니, 하는 만족감이 들었다(월세지만).

엉덩이를 흔들면서 두유에 단백질 파우더를 타 마셨다. 운동하고 단백질 파우더를 챙겨 먹으며 건강과 몸매 관리를 꾸준히 하고 있다. 단백질 음료를 마실 때마다 꼭, 희미하고 귀여운 복근이 잘 있는지 확인했다. 잘 있다. 어디 보여줄 데가 없어 안타깝다고 생각하며 옷자락을 내렸다.

어려서부터 옷을 좋아했다. 유행을 따르는 것보다는 나만의 스타일을 고집했는데 주로 화려했다. 한창 외롭고 우울할 때는 흑백으로만 입고 다녔다. 요즘은 다시 옷을 예쁘게 차려입는 데 열심이다. 오랜만에 옷을 예쁘게 입고 싶다는 욕구가 솟으니, 옷장에 입을 옷이 없어 보였다. 옷이 유발하는 환경 문제를 고려해 근 5년간 새 옷을 산 적이 없으니 당연했다.

열성적인 환경 운동가였던 내가 태세를 달리했다. 쇼핑몰에서 예뻐 보이는 건 다 샀다. 이사고, 하고 싶은 거 다 해. 택배가 문 앞에 쌓였다. 몸은 하나인데 옷이 너무 많다. 이 계절 내로 한 번씩 다 입어 보지도 못할 것 같다는 생각이 잠깐 들었다. 하지만 잘 차려입고 나가는 것은 기분이 좋았다. 공작새처럼 위풍당당 집을 나섰다.

차를 타고 출근하면서 음악을 차가 울리도록 틀었다. 몇 년간 음악을 듣는 게 별로 재미가 없었다. 고등학교 때는 음악을 듣다가 '지린다'는 표현이 무엇인지 알았는데. 좋아하는 음악을 틀어놓고 그 앞에 무릎 꿇고 앉아 울기도 했다. 그런 감동이 그간 없었다. 그런데 요즘 이상하게 음악이 선명하게 들린다. 음악만 틀면 나를 둘러싼 모든 것이 강렬해진다. 심장이 뛴다. 종종 차 안에서 핸들을 격하게 때리면서 박자를 탔다.

처방 약을 처음 먹기 시작했을 때쯤 좋아하는 사람이 생겼다. 처음 만난 순간부터 이렇게 끌리는 마음은 오랜만이었다. 잘생긴 건 아니었지만, 보기 드물게 조신한 청년이었다. 진지하고, 신중하고, 말이 없는 사람. 시끄러운 나는 평생 그런 사람을 찾아다녔다.

우리는 만날 때마다 산책했다. 돌담을 따라 시골 동네의 골목 골목을 걷다가, 알록달록한 폐교의 운동장에서 깔깔 웃으며 시소를 탔다. 아무도 오지 않는 연못가의 수백 년 된 나무 아래 오랫동안 누워 있었다. 콧잔등에 빗방울이 떨어질 때까지. 산책을 좋아하냐고 물었다. 그는 아니라고 했다. 나는 산책을 사랑하는데. 그는 산책이 좋아졌다고 했다. 봄에 그와 다시 연못가로 산책 오고 싶었다. 봄의 연못가에는 벚꽃 비가 내리니.

그와의 다섯 번째 데이트는 완벽했다. 12월 초인데도 바닷바람조차 말랑하고 따뜻한 날이었다. 차창을 활짝 열고 음악을 크게 들으며 섬의 다른 쪽 끝까지 드라이브했다. 햇살 너머 스쳐 지나가는 바다, 섬, 바다, 섬 그리고 옆에 앉은 사람. 이 모든 것이 아름다웠다. 한 손은 그의 손을 잡고, 한 손은 차창 밖으로 내밀었다.

한 번도 가본 적 없던 바닷가 공원에 들어가 걸었다. 하늘은 높고 겨울을 잊은 초록 잔디가 빛났다. 우리는 공원을 구석구석 걷고, 바다가 잘 보이는 벤치에 앉아 이야기를 나녔다. 그와 함께 있으면 할 말이 많았다. 최소한 오늘 하루가 얼마나 아름다운지에 대해서라도. 그날 나는 "세상이 너무 아름다워! 행복해! 천국일까?"라고 열일곱 번쯤 말했다. 온 세상이 행복한 연애하라며 팡파르를 부는 것 같았다.

그와 함께 있는 모든 순간이 여행 같았다. 그는 내 이상형이었고, 그도 내게 끌렸다. 내가 좋아하는 사람이 내게 마음이 있다는 건 우주적 확률이다. 절대 놓치면 안 돼. 그의 손을 꽉 잡고 한 달 후인 크리스마스 계획까지 미리 물었다.

다음날 그는 "네가 불편하다. 앞으로 만나지 말자"는 내용의 긴 메시지를 보내왔다. 나는 약간… 믿을 수 없었다. 많이 믿을 수 없었다. 어제 날씨가 그렇게 좋았는데, 바다가 얼마나 아름다웠는데, 다른 섬으로 여행 온 듯, 꿈꾸는 듯, 모든 것이 완벽했는데. 대체 왜? 당황하고 분노하며 듣고 있던 음악을 더 크게 틀었다. "그래"라고 미련 없는 듯, 어른의 연애란 쉽게 만나고 헤어지는 것이란 듯 답장했다.

빨간불이 초록불로 바뀌었다. 뒤차가 경적을 울렸다. 급히 교차로를 지났다. 어디로 가고 있지? 교차로를 지나 항상 가던 길이 검게 일렁였다. 모르는 곳으로 가고 있는 것 같았다. 제주도에 있는 게 아닐지도 몰랐다. 내가 있던 세계로부터 똑 떨어져 나온 것 같았다.

30분 후 "근데 뭐가 불편했어?"라고 다시 한 번 메시지를 보냈다. 물론 답장은 없었다. 아무리 생각해도 최악의 질문이었다.

그가 내게 마음이 있다는 사실을 안 직후부터 그를 몰아붙였다. 물론 그게 몰아붙이는 행동인 줄은 꿈에도 몰랐다. 내게 그와의 데이트는 환상적 로맨스였지만, 아마 그에게 나는 알수록 미친 사람이었을지도 모르겠다. 조신하고 얌전한 그는 누군가와 가까워지는 데 시간이 오래 걸린다고 했다.

여러 번 그 말을 듣고서도 내 속도대로 다가갔다. 가령 매일 만나자고 한다든가, 만나면 아침 일찍부터 밤늦게까지 함께 있고 싶어 한다든가…. 좋아하는 티를 팍팍 냈다. 그는 손잡는 것조차 부끄러워하는 사람이었는데, 빤히 쳐다보고 만져보고 새로 산 인형처럼 꼭 끌어안고 놔주지 않았다. 데이트가 끝날 때마다 집에 가지 말라고 매달렸다.

꼭 집에 가야겠다면 다음 만남을 약속하고 가. 내일모레 정도면 좋고, 내일이면 더 좋고, 마음을 바꿔 집에 안 가면 더 좋고. 나는 네가 좋고 너도 내가 좋은데 왜 안 돼? 하는 식이었다. 좋아하면 함께 있고 싶은 게 당연하고, 좋은 마음을 표현하고 싶은 게 당연한 거 아냐?

ADHD 환자의 사랑이란… 과몰입과 집착의 연속이다.

사랑하는 사람들은
왜 모두 나를 떠나가?

혼자 잘 살고 싶었다. 사람들에게 상처 주는 내가 싫고, 그 결과로써 남겨지는 것이 견딜 수 없었다.

"이사고, 빤쓰 붙들어."

친구가 말했다. 정신을 차릴 수가 없었다. 어쩌다 정신이 들면 나는 좋아하는 사람들 앞에서 나체로 춤을 추고 있었다. 그들은 사색이 된 채 도망쳤다. 마음에 드는 사람 앞에서 나를 홀라당 내보이기, 그건 내 특기였다.

많은 이가 떠났다. 친구, 연인 할 것 없이 내 알몸을 보고 기겁하며 떠났다. 나는 솔직하고 거짓 없는, 충동적인 사람이었다.

영원할 것 같은 외로움의 근원은 어디일까. 그놈의 외로움 때문에 평생 우울을 벗어나지 못할지도 모른다. 친구가 적을 때도, 많을 때도, 외로웠다. 관계의 벽은 점점 높아졌고, 많은 것이 조심스러워졌다. 새로운 사람을 만나는 것이 두려웠다. 내 곁에 있던 사람들이 떠나간 만큼 새로운 사람에 대한 두려움은 커졌다. 누군가가 떠난 빈자리는 잘 채워지지 않았다. 외로웠다. 혼자서도 잘 살 수 있다고, 스스로를 다독였다.

아이들의 행동을 설명해 주는 TV 프로그램 〈금쪽같은 내 새끼〉를 보다가 '자기대상'이라는 심리학 용어를 접했다. 찾아 보니, 모든 사람은 자신의 감정이나 생각, 경험 등을 동일하게 공유할 수 있는 이의 전적인 지지를 필요로 한다는 거였다. 그런 지지가 있을 때 온전한 '나'가 되는 경험이 가능하다고 했다.

내게 없다고 느끼는 것이 있었다. 가족. 내게 없다고 생각하게 된 것이 있었다. 자기대상. 이 둘 사이에는 끊어낼 수 없는 상관관계가 있었다. 나는 5년 전 가족을 떠났다. 내게는 '무슨 짓을 해도 내게 공감하고 온전히 받아들여 줄' 사람이 없다. 그래서 나는 온전한 내가 될 수 없나?

가족과 함께였던 어린 시절에도, 가족으로부터의 무한한 지지와 공감을 느끼지 못했다. 내가 어릴 때부터 우울하고 불안했던 것은 그래서일까?

나는, 어느 순간에, 온전했나?

대인관계에서 상처받거나, 누군가를 잃거나, 또 스스로 떠나고 나면 돌아갈 곳이 필요했다. 친구들에게는 언제든 돌아갈 곳이 있는 것처럼 보였다. 실수하거나 잘못할까 봐 전전긍긍하지 않아도 되는 관계. 영원히 용서하고 용서받을 관계. 가족이었다. 나는 가족을 욕망했다. 친구의 가족을 부러워해 그 사이에 자연스레 섞여 보려고도 했다. 물론 타인의 가족은 내 가족이 되어 주지 않았다. 아무리 따뜻한 사이가 되더라도 나와 친구가 다투면 무조건 친구 편이 되어줄 사람들이었다. 그게 당연했다. 나는 언제나 알고 있었다.

딸의 친구가 되는 것 이상을 기대할 수는 없었다.

어찌 됐든 '정상 가족'을 가지는 건 틀렸다고 생각했다. 그래서 나만의 가족을 만들기로 했다. 굳이 법적으로 결혼하지 않아도, 깊은 연인 사이는 충분히 가족일 수 있다.

열심히 연인을 만들었다. 연인이 되고 나면 내 가족이 되기를 강요했다. 강요하는 방식이 바로 '빤쓰를 내리는 것'이었다. '나의 이런 모습을 보고도 내 곁에 남아 줘. 이런저런 모습도 다 사랑해 줘. 내가 어딘가에서 넘어지고 구르고 먼지를 잔뜩 묻힌 채로 돌아와도 사랑해 줘.'

내가 생각하는 연인이란 나를 사랑할 의무가 있는 사람, 나의 모든 모습을 이해해 줄 사람이었다. 연인에게도 거리가 필요하고 벽이 있을 수 있다고들 하지만, 나는 모든 벽을 가루가 나도록 부숴버렸다. 집착했다. 연인이란 고정된 일대일의 관계라서, 나만 바라보고 나의 모든 것을 받아들이기를 기대했다. 나는 그들을 자기대상으로 삼으려 했다. 연인을 납치해 포식하고 내 안에 가두려 했다.

나는 언제나 그 연인들을 불만스러워했다. 그들은 내가 생각하는 만큼 나를 생각하지 않았다. 나는 줄곧 이런 생각을 했다.

　'나는 너를 그것(자기대상)으로 생각하는데, 왜 너는 나를 그렇게(자기대상으로) 대해주지 않아?'

　결국 사랑의 크기를 재는 일이 사랑하는 일보다 중요해졌다. 언제나 내 사랑이 상대방의 사랑보다 크다고 생각했다. 내 사랑이 '보상'받지 못함에 스스로 상처 내고 슬퍼했다. 그 감정을 그대로 연인에게 쏟아냈다. 나의 연인들은 당황했다. 놀라고 상처받았다. 관계는 곧 파국에 다다랐다.

　나는 연애와 연인을 이상화하곤 했다. 연인을 나의 '그것'이 될 것이라고, 내가 만든 진짜 가족이 될 것이라 생각했다. 그래서 그들이 정말로 나를 완전히 받아들이고 공감하는지, 나와 동일시가 가능한지 확인하려 들었다. 매번 시험하고, 혼자 실망하다 못해 직접 감정을 풀었다. 누구도 나를 진짜로 받아들여 주지는 못하는 것 같았다.

　자기대상이라는 용어를 알게 된 후, 자기대상에 대해 자세히 알고 스스로를 돌아본 후, 나는 엉엉 울면서 자기대상 찾기를 그만두어야 한다고 다짐했다. 대신 주로 유아기의 자기대상이 되는 엄마와의 관계를 다시 맺어야 한다고 생각했다. 그런데 어떻게? 수십 년간 망가져 버린 관계를 어떻게? 또다시 수십 년이 필요할지도 몰랐다.

"I love you because you are me… my writing, my desire to be many lives. I'll be a little god in my small way.
너를 사랑해… 너는 나이고, 내 글, 많은 삶이 되고 싶은 열망이기 때문에. 나는 내 작은 세계의 작은 신이 될 거야."

《The unabridged journals》중에서, 실비아 플라스 지음)

너는 나라니. 내 세계의 신이 된다니. 자기대상이 있어서 완전한 자아를 형성한 사람의 말이 아닐까? 하지만 미국의 시인 실비아 플라스는 가족도 연애도 결혼 생활도 외롭고 괴롭고 방황투성이였던 사람이다. 특히 그의 가족은 그가 가진 정신질환과 불안정함을 부정하곤 했다. 그것은 곧 실비아 플라스라는 한 사람에 대한 부정으로 느껴졌을 것이고, 그는 부정과 비난 속에 점점 '완전한 자신'으로부터 멀어졌을 것이다. 분열되고 혼란스러운 기분 속에서 살아갔겠지. 그 혼돈 속에서 지푸라기를 잡듯 자신만의 신이 되기를 열망한 것일지도 모른다.

바깥에서 찾을 수 없다면 안에서 찾아야 한다. 스스로가 자기대상이 되어야 한다. 그래야만 나는 내 세계의 신이 되어, 합일된 하나의 정신으로 나를 이어갈 수 있다. 아직은 외부에서 반을 찾아서 내 세계의 신이 되려는 방식에서 쉬이 벗어나지 못한다. 그래서 나는 자주, 연애 자체를 하지 않겠다, 남들과 관계를 진득이 맺지 않겠다, 이상한 다짐을 한다. 혼자 남으면 혼자서 완전해질 것처럼. 물론 그렇지 않다. 외롭고 슬플 뿐이다.

아무 때나 빤쓰를 내리던 한심함과 부끄러움은 온전한 내가 되기 위한 투쟁이었다. 용기였다. 분명 잘못된 방식이었지만 나와 동일시될 수 있는, 내 영혼의 반쪽을 찾기 위한 노력이었다. 나는 잃어버린 반쪽을 찾아 하나가 되고 싶었다. 아주 격렬하게.

ADHD의 사랑

왠지 전에도 이런 일이 있었던 것 같다. 내가 정말 좋아했던 S… 아, J도 있었지, C도 있군. 그들에게 집착했다. 매일 함께 있고 싶어 했다. 함께하지 못하는 시간은 오롯이 그를 그리워하며 보냈다. 그의 소셜 미디어를 염탐하거나, 그가 나온 사진이나 영상을 돌려 보거나, 그에 대한 글을 쓰면서.

누군가를 좋아한다고 스스로 선언하고 나면, 그에 대한 생각과 말을 하는 것 외에는 아무것도 할 줄 모르게 되어버렸다. 보고 싶다고 우는 것도 예사였다. 그러니 모든 일상이 그를 향해 굴렀다. 혼자 있는 시간을 모두 기다리는 시간으로 써버렸다. 그를 만나기 전, 혼자였던 내가 어땠는지 기억하지 못했다. 혼자서는 아무것도 하지 못하는 사람이 되어버렸다. 둘이어야만 완전한 몸인 것처럼. 혼자서는 찻잔 하나도 들 수 없는 것처럼.

누군가를 좋아하면 마치 영원히, 기다리는 사람이 된다. 나는 기다리는 것을 아주 싫어하는데도. 평소라면 하지 않을 이상한 행동을 했다. 일할 시간에 아픈 척을 해서라도 그를 만나러 갔다. 나는 돈 앞에서 누구보다 성실한 사람인데 돈, 좋아하는 것, 하고 싶은 것, 해야 하는 것, 이런저런 것을 쉽게 버리곤 했다. 사랑과 사랑을 쟁취하고자 하는 욕망 앞에 줄을 섰다.

좋아하는 마음은 기다림을 삼키며 혼자 쑥쑥 자랐다. 그러니 금세 걷잡을 수 없이 커졌다. 아직 자라지 못한 상대의 마음을 집어삼키도록. 몇 번 만나지도 않은 사람에게 좋아한다고 했다. 상대방이 날 좋아하지 않는다고 하면, 눈을 동그랗게 뜨고 "왜?" 하고 물었다. 그리고 열 번 찍어 안 넘어가는 나무 없다며 눈만 마주치면 고백했다.

"왜 저를 좋아하지 않는 건데요?"

"저는 첫눈에 반한다는 걸 믿어요."

"제가 첫눈에 반했는데요."

"미안해요. 사고 씨, 예쁘고 같이 있으면 즐겁지만…."

"제가 예쁜데, 같이 있으면 즐거운데, 왜 안 좋아하는 건데요? 일단 만나 봐요."

내게 연애란 '좋으면 해야지!' 하는 것이었다. 위 대화의 문제는 나만 좋았다는 것이다. 묻지도 따지지도 않고, 연애의 모든 조건과 상황을 배제하고 내 마음만 중요했다. 심지어 상대방의 마음이 나와 같은지도 중요하지 않았다. 내가 좋으면 그만이었다. 상대방의 마음이야, 열 번 찍으면 넘어오지 않겠어? (상대의 마음과는 상관없는 이 죽일 놈의 사랑. ADHD 환자의 특징 중 하나가 낮은 공감능력이라던데… 그래서 그런 걸까?)

혼자 좋아하고, 좋아한다고 열 번 찍고, 상대방은 도망가는 패턴이 반복되었다. 좋아하는 사람에게 줄줄이 차였다. '내가 먼저 좋아하면 망하는구나…' 깨달음을 얻었다. 그러니 좋아하지 않으려고, 사랑에 빠지지 않으려고 노력도 해

봤다. 상대의 나쁜 점을, 나와 맞지 않는 점을 되뇌었다. 그러다 보면 그에 대해 더 많이 생각하게 될 뿐이었다. 결국 기다리는 시간만 영원을 모르고 늘었다.

게다가 좋아하는 사람 욕을 하는 것은 내 얼굴에 침 뱉기일 뿐이다. 나는 왜 그런 사람을 좋아할까, 나는 왜 자꾸 그런 사람만 만날까 하는 궤도에 오르는 것이다. 결국 좋아하지 않으려고 노력할수록 더 깊은 구렁텅이로 빠졌다.

이별의 슬픔을 겪고 있는 친구가 있었다. 하루에도 몇 번씩 전 애인이 보고 싶다며 내게 전화를 해왔다. 그럼 나는 위로의 말을 했다. 친구는 말했다.

"너는 네 연애도 못 하잖아. 네가 만난 애들은 다 똥차~"
"(말 끊고) 원래 자기 연애 못 하는 사람이 남의 연애 전문가인 거야."

나는 대체, 왜, 그런 사람만 만날까.

연애를 시작한 이래로 줄곧 생각했다. 최근 날 찬 사람 백수, 전에 만나던 사람 백수, 전 애인 백수, 전전 애인 백수. 좋아하는 마음은 상대의 직업과 무관하게 튀어나온다. 직업, 재산, 나이, 생김새 같은 것은 좋아하는 마음에 큰 영향을 주지 않았다. 그 사람의 외모가 내 취향이 아니라서 싫어, 돈이 없어서 싫어, 그런 것들은 좋아하는 마음을 절대로 이기지 못했다. 이래서 저래서 싫다는 것은 이성에 의한 판단이고, 좋다는 것은 중력과 같은 끌림이기 때문이다. 땅을 딛고 서 있는 한, 끌리는 마음과 좋아하는 마음은 거스를 수가 없다. 그 마음을 거스르는 날엔 하늘을 날 수 있게 될 테다.

누구를 좋아하기만 하면 모든 일상이 기다림의 행위가 되는 내게, 상대가 백수란 사실은 꽤 좋았다. 기다림이 대폭 줄어듦을 뜻하기 때문이었다. 그의 출퇴근 시간을 기다리지 않아도 됐다. 내 일정을 비워놓는 노력도 필요 없었다. 그에겐 출퇴근이 없으니까. 나를 거절할만한 이유도 없을 테니까.

위의 백수 중 두 명과는 동거했고, 나머지 한 명과는 집만 합치지 않았지 거의 같이 살았다. 내가 그의 집에서 자주 출퇴근하는 방식으로, 그의 공간에 무작정 엉덩이를 들이미는 식으로 얼렁뚱땅 같이 지냈다. 발신인 미상의 택배처럼 나를 선물했다.

좋아해! 날 가져!

상대의 공간에 엉덩이를 들이미는 데 성공하고 나면 끌림에도 익숙해졌다. 땅에 안정적으로 발을 딛고 주변을 둘러봤다. 어디쯤 착륙했나.

이런. 그와 함께 있으면 즐겁지만 말은 별로 안 통하는군. 아무리 봐도 못생긴 것 같은데 이상하게 예뻐 보이는군. 못생긴 놈한테 빠지면 답도 없는데, 좆됐다. 젠장, 또 백수야, 차 없어. 또 내 차로 픽업 다니게 생겼네. 나는 왜 가난한 사람만 만나지. 내가 선택해 놓고 불평을 늘어놨다. 그러니 친구들이 '네가 만난 애들은 다 똥차'라고 말하지.

내가 선택했지만 가난한 사람과 연애하는 것은 힘들다. 친구들의 잘난 애인과 비교하며 자괴감이 드는 것은 물론이요, 물질로 사랑을 확인할 수도 없다. 이 거대한 물질주의 사회에서, 모든 것이 물질로 표현되는 사회에서.

나는 맛있는 것을 먹으면 네 생각이 나는데. 예쁜 것을 보면 사 주고 싶고, 좋은 곳을 알면 너와 함께 가고 싶은데. 가난한 애인에겐 그런 마음을 기대하기가 어렵다. 이런 일이 반복되니 혼자 연애하고 있는 듯한 기분이 들었다. 나를 대하는 궁색함이 상대방의 사랑 같았다. 너무도 궁색한 사랑. 혹자는 "더치페이하는 연애는 사랑이 아니라 회비 걷어 술 마시는 친구들 모임"이라고 했다. 그런 말들을 신경 쓰지 않으려고 했지만 잘 안됐다. 마치 "남자가 더 좋아해야 연애 관계가 지속된다"는 말처럼. 그런 말들은 내 연애가 얼마나 실패했는지 측정하는 척도가 되어 나를 떠나지 않았다. 모든 연애에서 귓가를 맴돌았다.

'너는 연애하고 있는 게 아니라 조금 더 친한 친구를 사귄 거야. 친구 만나는데 왜 설레고 얼굴 붉히니. 너한테 줄 건 없는 사람한테서 사랑을 기대하면 안 돼. 사랑을 기대한 네가 죄야.'

그러다 나는 갈피를 잡지 못하고 상대방을 비난했다가, 나를 비난했다가, 관계 자체를 비난했다. 괴롭고 설레는 마음으로 또 연인을 만나러 나갔다.

회비를 걷든, 술을 마시든, 친구들 모임이든 연애든, 뭐 어때. 돈과는 상관없지, 사랑만 있으면 됐지. 사랑하는 것을, 사랑하는 마음을 어쩌겠어.

.

.

모임에서 회비를 걷을 때 사랑은 걷지 않는다. 그러니 사랑을 돌려줄 일도 없다. 낸 만큼 돌려받으려면, 더 많이 내면 되는 줄 알았다. 사랑이든, 정성이든.

　아무리 사랑해도 사랑을 돌려받지 못한다는 사실을 몰라서 아팠다. 사기당한 것처럼 슬퍼했다. 맹렬히 비난했다. 하지만 화살의 목적지는 결국 나 자신이었다. 나는 왜 나를 힘들게 하는 모임에 계속 나갈까. 왜 일방적으로 사랑을 주고, 돌려받길 기대하고, 받지 못해 상처받는 일을 반복할까. 뭐가 잘못된 걸까. 내게 매력이 없을까. 내가 더 예뻐야 할까. 뭘 하면 사랑받을 수 있을까. 나는 화장도 안 하는 사람인데 태어나서 처음으로 눈썹 문신을 받고 속눈썹 파마를 했다. 이상한 짓이었다.

　이런 생각을 하다 보면 결론은 곧 '죽고 싶다'에 가 닿았다. 내가 매번 사랑에 실패하는 건 사랑받을 가치가 없어서라고 생각했다. 죽고 싶지 않으려면 내 사랑이 실패하지 않았음을 증명해야 했다. 내가 충분히 사랑받을 만한 사람이라는 것을 스스로 보여야만 했다. 그래서 연인이 매 순간 내게 관심 가지고 나를 원하길 바랐다. 내게 자주 연락하고, 내 일상과 생각을 알고 싶어 하고, 함께 있을 때 TV나 스마트폰 대신 나를 바라보기를 바랐다. 그의 행동은 내 삶의 가치에 대한 증명이 됐다. 그가 내게 충분히 관심을 가지지 않으면, 나는 매력 없고 사랑받지 못하는 사람이 됐다. 외롭고 실패한 사람이 됐다. 나는 연애할 때 늘 외로웠다. 누구도 날 원하지 않을 것 같았다. 외로워서 또 연인을 찾았다. 그의 온몸에 매달려 나를 봐달라고 외쳤다. 살고 싶지 않았다.

'네가 만난 애들은 다 똥차…'인 것은 내가 똥차이기 때문이다. 내가 똥차임을 알아본 사람들은 내가 고백도 하기 전에 도망쳤다. 이 똥차가 연애와 사랑에 집착하며 자신들까지 감정의 구렁텅이에 끌고 들어갈 거라는 사실을 안 것이다. 아주 현명한 사람들이군. 역시 놓쳐서는 안 됐다.

나는 항상 상대도 나와 같은 마음이기를 바랐다. 좋아하면 좋아할수록 더. 나처럼 기다리는 마음이기를, 내가 좋아서 어쩔 줄 모르기를 바랐다. 그래서 물질로 마음을 표현하고, 먼 거리에 있어도 나를 보려고 풀 액셀 밟고 달려오기를 상상했다. 현실에 그런 사람은 아무도 없었다. 돈도 없고 나만큼의 마음도 없는 사람들뿐이었다. 공짜인 마음도 줄 수 없는 사람들, 그들을 찾아간 건 나다.

좋아하고 사랑했다. 혼자 기대하고 힐뜯고 외로워하고 아파했다. 다 나 혼자 한 일이다. 굳이 그들을 똥차라고 부를 것도 없이, 똥차는 나였다. 현실에서는 똥차를 폐차장에 가져다주면 30만 원을 오히려 벌 수 있는데, 마음이 똥차인 것은 폐차도 안 된다. 엔진이 끝내 숨을 멎을 때까지 고쳐 쓰고 아껴 쓰며 데리고 살아야 한다. 똥차를 타고 다니기는 커녕 등에 업고 다녀서라도.

아, 지독하다.

차였지만
춤을 추자

이쯤 되면 차이는 것에 익숙해질 법도 한데, 놀랍게도 매번 새롭다. 고백도 안 했는데 차인, 그날은 정신이 하나도 없을 정도로 충격에 빠져 있었다. 하지만 동시에 안도했다. 집착과 차임을 반복할 때마다 나는 자책했다. 내가 뭔가 잘못한 거라고, 매력이 없는 거라고, 나는 사랑받을 수 없다고.

신기하게도 이번에는 그런 감정이 들지 않았다. 나를 깎아내리는 생각을 하지 않았다. 그렇게 의연한 나 자신은 또 처음이라서 대견하기까지 했다. 만나고 헤어지는 과정에서 내가 훌쩍 커버린 것이라고, 이제는 연애에 조금 태연한 사람이 되었다고, 앞으로는 더 잘 할 수 있다는 긍정적인 생각만 했다. 충격이나 슬픔, 아쉬움과는 별개였다. 슬픈 마음은 여전하지만, 그건 내 잘못이 아니라고 생각했다.

불행인지 다행인지 밤엔 성인 영어 과외 학생과 술 약속이 있었다. 음악을 크게 들으면서 평소보다 난폭하게 운전해 약속 장소로 향했다. 차 안을 때리는 음악이 선명하다 못해 날카롭게 들렸다.

학생을 만나자마자 외쳤다.

"저 차였어요!"

"왜요, 또 어디서! 뭐라고 했길래!"

"뭐라고 하기는요. 고백도 안 했는데 차였어요. 나 좋다며! 어떻게 사람 마음이 그렇게 쉽게 변하니!"

따끈따끈한 나의 '고백도 안 했는데 차인 이야기'는 그날의 화두가 되었다. 제발 푼수 짓 그만하고 '밀당'하라는 말씀을 잘 새겨들었지만 실천할 수 있을지는 역시 모르겠다고 생각했다.

내 푼수 짓과 학생의 과거 연애 이야기로 그날 모임은 평소보다 시끄러웠다. 평소 와인 한두 잔이면 취하는데, 한 병을 홀랑 마시고선 테이블을 크게 탕탕 치고 숨이 넘어가도록 웃었다. 저녁 7시부터 새벽 2시까지 같은 자리에 앉아서.

평소에도 학생들과 사적인 이야기를 많이 하는 편이지만, 이렇게까지 자세하게 내 푼수 짓을 공개해도 되는 걸까? 하지만 말하기를 멈출 수가 없었다. 신났고, 내 얘기를 되는 대로 던지는 게 즐거웠고, 이야기가 고조될수록 다리가 얇은 테이블의 안위는 위험해졌다. 몰라, 내가 푼수인데 뭐. 이렇게 정신 놓고 술 마시고 놀아도 학생들은 나 좋아해. 난 솔직한 게 매력이야.

새벽 2시, 일행은 가고 혼자 바에 앉아 대리 기사님을 기다렸다. 탄산 넣은 한라봉 주스를 마시면서 조금씩 정신이 들었다. 정신이 드는 만큼 창피해졌다. 나는 왜 때와 장소에 맞지 않게 사적인 이야기를 멈출 수가 없을까. 왜 이렇게 공과 사를 구별하지 못할까. 사고야, 너는 이 나이를 먹고도… 철이 없구나. 탄산 주스의 기포가 터지듯 정신머리에도 경고음이 터졌다.

그래도, 덕분에 즐거운 밤이었다. 차여서 슬프고 우울한 마음이 싹 가셨다. 웃고 떠들던 기분이 남아 상기되었다. 집에 도착해 침대에 눕고 나서도 한참, 즐거운 기분에 잠들지 못했다. 그에 비하면 창피함이나 걱정은 겨우 기포 같은 것이었다.

네 시간을 자고 아침 수영을 갔다. 수영하고 나와 차창을 활짝 열고 운전하는 것을 좋아한다. 출근하는 길에는 작은 산을 단정하고 빼곡하게 채운 녹차밭이 있다. 덜 마른 머리가 녹차밭을 지나 불어오는 바람에 휘날렸다. 좋아하는 아티스트의 음악을 전체 재생해 두었다. 녹차밭까지 들리도록 크게 틀었다. 정신이 아찔하도록 좋았다. 신이 나서 핸들을 양손으로 꽉꽉 치고 엉덩이를 들썩이며 춤을 추었다. 큰소리로 노래도 불렀다. 왜 이렇게 신나지? 나 어제 차였는데. 슬프기는커녕 이렇게 신날 수가 있는 건가?

그러고 보니 어젯밤에 술을 많이 마셔서 조증 약을 안 먹었다.

나, 조증 맞구나.
더는 부정할 수 없었다.

내내 의사 선생님을 의심했다. 내 행복과 즐거움을 부정한다고 생각했다. 나는 원래부터 감정 기복이 심하고, 사람을 많이 만나고, 아이디어가 넘치는 사람인데. 의사 선생님이 내 성향은 알지도 못하면서 경조증이라고 속단한 것 같다고 생각했다. 해리 증상이 나를 얼마나 힘들게 하는지 잘모르면서, 항우울제를 성급히 끊었다고 생각했다. 그런데조증이 맞았다. 내 행복은, 정말로, 거짓이었다!

언제부터였을까. 조증 상태는 언제부터 시작된 걸까.

나는 유독 웃음이 많은 아이였다. 남들 웃으면 웃고, 남들이 웃지 않을 때도 웃었다. 웃던 때를 떠올리며 웃고, 웃음을 한번 시작하면 멈추지 못했다. 웃음과 울음의 양이 비례인 듯, 울기도 많이 울었다. 웃다가 울기도, 울다가 웃기도. 엉덩이에 뿔이 날만큼 웃고 울었다.

하지만 경조증 판정 전후로 나는 그보다 훨씬 더 웃었다. 웃음과 울음이 비례에서 반비례가 되도록. 평생의 울음을 웃음으로 바꿀 수 있다면 이런 모습일까 싶을 정도로.

사람을 많이 만났다. 어쩐지 만나는 사람마다 숨이 넘어가도록 웃겼다. 상대방이 웃기지 않으면 나 스스로라도 웃었다. 주위를 살피지도 않고 테이블을 탕탕 치며 배를 잡고 웃었다. 웃느라 배가 아프다고 발로 바닥을 굴렀다. 너무 웃기다고 외치는 것도 잊지 않았다. 그렇게 웃을 때는, 온몸의 힘이 밖으로 나가려고 용쓰는 것 같았다. 온몸이 간질간질, 저항할 수 없는 상태가 되어 버렸다. 그래서 발을 구르고 테이블을 때릴 수밖에 없는 것이다.

눈물이 찔끔 난 채로 몸을 일으키면 주변은 대체로 고요했다. 상대방은 나보다 일찍 웃음을 멈추고 가볍게 웃으면서 나를 쳐다보고 있었다. 나처럼 테이블을 때리지도 않았다. 내 안에서 넘치는 웃음 에너지를 밖으로 분출하느라 남의 반응을 신경 쓸 겨를이 없었다. 좀 과하게 웃었나 싶은 민망함도 별로 없었다. 웃으면 좋은 거지. 행복하니 웃을 일이 많고, 웃으니 행복했다. 언제든 온몸으로 웃을 준비가 되어 있는 사람처럼 상기되어 있었다. 확실히, 전과 달랐다. 뭔가 이상했다.

게다가 음악, 음악이 이상했다. 성인이 되고 나선, 음악 듣는 것이 짜릿하도록 재밌었던 적이 별로 없다. 그런데 최근 몇 달간 음악이 선명하게 들렸다. 같은 스피커와 이어폰을 사용하는데도 음악이 전과 비교할 수 없이 생생했다.

원래도 온종일 음악을 틀어놓고 생활했다. 그런데 요즘은 음악을 듣는 게 신나서 아침에 눈을 뜨는 것도 힘들지 않았다. 별로 좋아하지 않는 운전도, 나만을 위한 음감실에 앉아 있는 것 같아 즐거웠다. 차 안은 음악을 듣기에 가장 완벽한 공간이었다. 집에 돌아오면 할 일을 하면서 음악을 틀었다. 그날의 업무나 분위기에 맞는 음악을 트는 순간, 방 안의 공기가 다르게 느껴졌다. 공기의 흐름이 완전히 바뀌는 듯했다. 시야가 생생해졌다. 모든 색이 강렬해지는 경험이었다.

감각이 선명했다. 평소 무딘 후각이나 촉각 같은 감각은 모르겠지만, 적어도 청각은 매우 선명했다. 덕분에 더 행복할 수 있었다. 어떤 예술가들은 감각을 깨운다고 마약을 하는데, 나는 가만히 있어도 이렇게나 생생하고 선명하다니.

나 조증 맞구나.
좋은데?
조증을 더욱 잃고 싶지 않아졌다.

만능 정신병자의
고기능 조증

나는 재능이 많은 사람이다. 잘하는 게 많지만 특출난 것은 없다. 그래서 하고 싶은 것이 많고 좌절하는 일도 잦다. 육상 선수가 되고 싶었던 순간도 있었고, 서양화가의 꿈을 학창 시절 내내 꿔 왔으며, 가야금을 전공할까 잠깐 생각했었고, 바닷가에 작은 비건 식당을 열고 싶었다. 중학생 때는 영감이 떠오르면 글을 쓰려고 시 노트를 들고 다녔다. 넘치는 영감을 교내 시 쓰기 대회에서 친구들 몫의 종이에까지 뻗쳤었다. 우리는 사이 좋게 교무실로 불려 갔다. 일관적인 문체를 가지고 있었던 탓이다(우울한 글만 써댔다).

노래하는 것을 좋아해 가수가 되고 싶기도 했다. 크면 밴드를 전업으로 하고 싶다면서 홍대 인디 클럽에서 살다시피 해 엄마를 떨리게 하기도 했다.

이 중 내가 제일 잘하는 것은 가르치는 일이다. 재능이 있다고 생각하지만 '대치동 일타 강사'들 만큼 특출난 것은 아닐 테다(조증 상태에서는 종종 내가 그들만큼 잘 가르친다고 생각하기도 했다). 그러니 이 모든 재능을 나는 '시식용 재능'이라 쓰고 'ADHD'라 읽는다.

삶의 길에 깊고 얕은 구덩이가 널려 있다면, 나는 그 구덩이에 모두 빠져보며 지나왔다. 재능이든, 관심이든, 연애든, 친구든, 두드려보지 않고 뛰어넘지도 않으며 오래 걸려 나아갔다. 구덩이라 부르지 못할 물웅덩이부터 혼자 힘으로는 올라올 수 없는 깊은 곳까지 다양했다. 많은 재능과 관심은 더 많은 구덩이에서 나왔다.

좋은 말로 하자면 나는 다재다능했다. '만능'이라 불리기도 했다. 그 말 뒤에서 나는 시식용 재능을 찍어 먹으며 조금 혹은 많이 슬펐다. 여러 군데에 기뻐하고 슬퍼하느라 에너지를 소진했다. 에너지를 잃은 다재다능함은 산만함이 되었다. 나는 지독하게 산만했다. 가만히 앉아 있어도 아이디어가 튀어나왔고, 그중 무엇 하나 진득이 하지 못했고, 또 새로운 생각에 옮겨붙었다. 새로운 생각에서 피를 빨아 힘을 얻는 벼룩처럼 신선한 먹이를 찾아다녔다. 생신함 없이는 굶어 죽을 목숨이었다. 무의미한 삶이었다.

새로운 것을 발견할 때 나는 쉽게 흥분했다. 우울에 휘말려 있다가도 들가의 처음 보는 꽃에 상기됐다. 온갖 수식어와 큰 목소리로 아름다움, 귀여움, 꽃을 발견한 행복감을 표현했다. 주변 사람들은 내 극단적인 감정 변화를 신기하게 생각했다.

몇 년 전, 또 다른 상담사 친구에게 "나, ADHD가 아닐까?" 하고 물었다. 그 친구는 내 현란한 사고방식과 시선이 병이기보다는 '성향'으로 보인다고 답했다. 그 뒤로 나는 검사도 없이 성향이라 생각하고 살았다. 그로부터 또 몇 년 후에야 성향이 아닌 '병'을 통보받게 되었다.

궁금하지 않을 수 없다. 성향과 병을 가르는 것은 무엇인가. 성향으로부터 어떻게, 병을 가시 발라내듯 섬세하게 발라낼 수 있는가.

앞의 글에서(53쪽) 성향을 옭아맨 병에 대해 말했다. 칡

덩굴처럼, 내 성향의 모든 부분과 연결된 병의 존재. 그래서 여전히 나는 미궁 속이다. 왜 어떤 것은 병이라 불리고 어떤 것은 성향이라 불리는가.

조증을 겪고 있다는 사실을 인정하기 어려웠던 이유다. 마음애사랑의원 정신건강의학과 전문의 신재호에 따르면, 조증과 ADHD는 아주 유사하다. 감정 기복이 심하고, 말이 많으며, 비약적인 사고를 하고, 과다한 활동 양상을 보인다. 주위가 산만함은 물론이며, 충동성이 강하고 이를 잘 억제하지 못한다. 그래서 이 두 질병은 흔히 혼동되며, 서로의 동반 질환으로 나타나는 경우도 많다. 다만 ADHD의 과잉 행동을 만성적이라 한다면, 조증은 평소와 다른 모습을 보이는 '기간'의 유무가 중요하다. 원래 그런 사람이 아니었는데 특정 기간 동안 위의 행동 양상을 보인다면 조증이라 진단할 확률이 높은 것이다.•

그럼, 둘 다 해당되는 사람은 어쩌나? 내 조증은 언제 시작되었는지도 모르게 시작되었다. 매일 아침 같은 카페에 가서 같은 커피를 마시는 사람이, 어느 날부턴가 다른 원두

• 정신건강의학과 전문의 신재호, "ADHD가 아니라 조울증 아닌가요?", 브런치, 2022.07.21, https://brunch.co.kr/@mindrip/17

로 내린 커피를 마시게 된 것처럼. 원두가 바뀌었다는 말을 뒤늦게 듣고서야 '아, 뭔가 달랐던 것 같은데' 하고 생각하는 것이다.

평생 산만하고 과잉 행동하며 살아온 와중에, 날아갈 것 같은 기분이 장기간 지속되었다. 우울함의 지속은 문제였지만, 행복의 지속은 감사함이고 축복이었다. 의사 선생님에게 지나가듯 "요즘 행복하다"고 말하지 않았더라면 조증은 발견되지 못했을 것이다. '원래 그런 사람'으로 여겨졌겠지.

선명한 지각력과 빠르게 구르는 뇌를 돈으로 사려는 사람도 있다. 물개를 달여 먹기도 하고, ADHD가 아닌데 ADHD 약을 먹기도 한다. 고3 때 우리 엄마도 내게 '물개환'을 건넸다. 물론 먹지 않았고 도대체 그런 걸 어디서 구한 건지 궁금하지도 않았다(지금이라도 검색해볼까 싶었지만 역시 알고 싶지 않다). 다들 그렇게까지 해서 효과 좀 봤을까?

조증 덕분에 돈 주고도 못 살 명석함이 물개 환 없이도 굴러 들어왔다. 뭐든 할 수 있을 것 같은 마음 뒤에는 빛나는 지각력이 있다. 게다가 해리 증상으로 오래 고생한 나로서는, 이 빛나는 지각력 전과 후의 삶이 더 대비되었다. 해리 증상을 겪는 나는 멍하고, 둔하고, 무언가를 판단할 수 없다. 그런데 조증 증상을 겪는 나는 머리가 빠르게 굴러가니 뭐든 신속하게 판단하고 결정할 수 있다. '뭐든'의 총량도 늘어난다. 할 일을 금방금방 해치우니 할 수 있는 일도 늘어나는 것이다.

조증 이전의 나, 특히 우울했던 나는 말실수 하나를 백년 동안 곱씹었다. 나쁜 점을 되새김질하는 것만으로도 평생 배부를 사람이었다. 그러나 조증의 영향으로 명석하다 못해 과열된 내 뇌는 더없이 긍정적이었다. 세상만사 좋은 것만 찾아냈다. 나쁜 것과 같은 색의 선글라스를 쓴 사람이었다(빨간 셀로판지 너머로 빨간 글자가 안 보이는 것처럼 부정적인 것은 마법처럼 사라진다). 특히 나 자신을 긍정적으로 인식하는 데 천재적이었다. 나의 좋은 점만 거대해 보였다. 조증 덕에 나는 자신감 있고 자기 어필을 잘하는 멋진 사람이 되었다. 언젠가 친구에게 "내 삶의 궁극적 목표는 '자가발전 자기애'를 가지는 거야" 하고 말했다. 자신의 장점만을 보고 이를 부풀리며 사랑하던 시절의 나는 '자가발전' 중이었다. 조증은 내 삶의 원대한 목표를 이루어 주었다. 마침내나는 완전한 인간으로 거듭났다.

그러니 나는 프리랜서 주제에 평생 돈 걱정 없을 것만 같았다. 감량한 체중과 튼튼한 몸이 영원할 것만 같았다. 내 모습이 전에 없이 멋지고 예뻐 보였다. 매일 거울 앞에서 사진을 찍어 소셜 미디어에 올렸다. 눈과 귀와 입으로 발견되는 순간의 사소하고 거대한 아름다움을 놓치지 않았다. 그보다 더 크게 환호하는 것도 절대 생략하지 않았다. 조그만 슬픔에도 갑자기 울고, 울음을 뚝 그쳤다. 누구보다 시끄럽게 웃었다.

질환을 통제할 수 있어서 일상생활을 문제 없이 영위하는 경우를 고기능(high-functioning)이라고 한다. 친구 A는 나를 고기능 조증이라고 불렀다. 질환으로 일상에 부정적인 영향을 받기는커녕, 전보다 더 열심히 일하고 공부하며 살아가는 모습이 '고기능'으로 보인다고 했다. 비약적이고 논리가 결여된 사고의 흐름으로 '사고 치는' 조증이 아니라는 것이었다. 게다가 두어 달 만에 휘리릭 책 한 권을 써냈다. 몇 년을 생각만 하던 단행본 집필을 조증 시기에 해낸 것이다. 조증의 이점을 취하고 위험한 것은 피해 가는 모범적인 환자라고 했다.

게다가 의사 선생님 말씀을 누구보다 잘 듣는 착한 환자라고도 칭찬받았다(실은 아니다. 내가 듣고 싶을 때만 들었다. 또

잘한 일만 자랑했다. 사고의 과정을 난도질하고 편집하는 것이 조증이다. A는 스스로를 잘 포장하는 조증 환자에게 홀랑 속아 넘어간 것일지도 모른다. 하하!). 스스로 증상을 인정하고, 논리적이고 객관적으로 자신을 인지하려 노력한다고 평가했다(의사 선생님도 그렇게 말했다. 그리고 '옆에서 조증 증상을 경계하도록 도와주는 상담사 친구랑만 놀라'고 하셨지).

'고기능 조증'의 유능함에 취한 나는, 내 모든 것을 더욱 긍정했다. 조증 이전의 내가 재능의 애매함을 탓하고 슬퍼했다면, 조증 시기에는 내 모든 재능을 높이 평가했다. 최대한으로 활용하려고 했다. 그래서 바쁘게 돌아다니고 현란하게 머리를 굴렸다. 최근 몇 년간 한 모든 일보다 더 많은 일을 몇 달 동안 해냈다. 더할 나위 없이 완벽한 삶이라고 느꼈다. 평생 이렇게 살 수만 있다면, 영혼이라도 팔겠어. 처음으로 병의 존재에 간절히 감사했다.

사고 쳤다

의사 선생님, 예지 능력이 있는 게 분명하다. 선생님이 말씀하신 일이 현실이 됐다. 사고 쳤다.

2년을 가르친, 가족 같은 학생 집에서 잘렸다. 내게 소중하고 특별한 인연이었다. 그들은 초등학교에 다니는 연년생 남매였다. 낯을 많이 가렸다. 하지만 수업 첫날, 우리는 집 안을 휘젓고 다니며 가구며 물건들에 대해 이야기하고 영어로 이름을 붙였다. 우리는 금방 친해졌고, 내가 떠날 때까지 집 안 곳곳에 붙은 영어 단어들은 떨어지지 않았다.

학생들의 부모님은 면접 때 내가 "왜 공부를 시켜야 할까요?" 하고 물은 것이 인상적이었다고 했다. 그 말을 할 때 나는 새빨갛게 염색한 숏컷 머리에, 여러 개의 피어싱과 큰 문신을 드러낸 모습이었다. 브래지어도 안 하고, 환경 보호를 위해 새 옷을 사지 않아서 낡거나 오래된 옷만 입고 다녔다. 돈이 없어서 16년 된 낡은 차를 타고 다녔고. 그때 나는 신빙성 없는 모습을 하고서는 '공부를 왜 시키냐'고 묻는 이상하고 당돌한 선생이었다.

학교 밖 선생이란 기본적으로 강사다. 강사는 지식과 정보를 가장 효율적으로 정리해 학생의 머리에 심는다. 정제된 지식을 건네주고, 빠른 길을 알려 주고, 즉각적인 반응이나 결과를 유도해야 한다. 최대의 효율, 생산성, '돈값 하는 것'이 강사에게 기대되는 역할이다. 그 역할을 제대로 해내지 못하면 언제 사라져도 이상하지 않다. 사교육 시장이란 살아남거나 도태되거나, 둘 중 하나만 있는 곳이다.

하지만 나는 강사보다는 선생이기를 꿈꾼다. 가르치는 일이 즐겁고, 스스로 천직이라고 칭할 만큼 잘 맞는다. 다들 내가 잘 가르친다고 하지만, 마냥 '잘 가르치는 강사'이고 싶지는 않다. 지식을 전달하는 USB 같은 사람이 되고 싶지 않다. 발판을 건네고, 눈을 맞춰 이야기를 듣고, 상냥

하게 도움을 주는 사람이기를 바란다. 중요한 것만 가르치는 게 아니라, 돌아가고 뛰어넘고 멈춰 서는 법을 함께 배우고 싶다.

사계절을 느끼는 법을 나누고 싶다. 날이 좋으면 함께 소풍을 나가 시를 쓰고, 더우면 수영을 하고 싶다. 수업 중에도 노래하고 춤추고, 연극을 하고 싶다. 피곤한 날은 바닥에 드러누워서 '아무것도 안 할 때' 서로가 무엇을 하는지 관찰하고 싶다. 아무 주제 없이 한 시간쯤 수다를 떨고 싶고, 가끔은 수업을 통째로 학생에게 맡겨버린 채 순진한 눈을 하고 앉아 있고 싶다. 친구가 되고 싶고 '선생'이고 싶다.

8년 간 강사로 일하면서 네 번, 특별한 연이 있었다. 무언가를 '잘' 가르치는 것 이상의 교류가 허용되는 연. 학생과 나의 삶과 일상이 무수히 엮이는 연. 수업에서 종종 무의미한 일을 할 수 있는, 그것마저 수업의 한 부분으로 인정되는 연. 그런 연을 만났을 때 나는 강사가 아닌 선생이었다. 선생의 큰 특권은, 수업이 끝나고도 서로의 존재가 사라지지 않는다는 것이다. 매일의 수업과 마지막 수업 이후에도 서로를 향한 순수한 존경의 마음이 오래 남는다.

이 아이들은 그 특별한 인연 중의 하나였다. 우리는 재미있는 일을 많이 했다. 위에 언급된 쓸데없는 일들은 물론이다. 마지막 수업에서 '2년의 수업 중 가장 기억에 남는 날'을 물었다. 아이들은 '스쿨 오브 락'을 외쳤다. 우리는 한 달에 한 번씩 영화를 보고 토론하는 수업을 했다. 한번은 〈스쿨 오브 락〉을 보고 나서 영화 속 '수업을 땡땡이치는' 장면을 일주일간 따라 해 보기로 했었다. 아이들 몰래 부모님의 허락을 받았지만, 아이들은 커다란 일탈이며 우리만의 비밀이라고 알고 있었다. 나는 뜨끈한 방바닥에 누워 책을 읽으면서 아이들이 도대체 수업 대신 하고 싶은 일이 무엇인지 염탐했다. 하루에 한 시간 삼십 분씩 일주일에 여섯 시간을 놀게 하자 아이들은 곧 심심해했다. 나는 심심한 아이들이 어떤 행동을 하는지를 바라봤다. 그것이 의미였다. 무엇이라도 해야 한다는 마음 너머의 의미.

그런 시절을 보낸 아이들의 선생 자리에서 잘렸다. 다시 원치 않던 강사의 자리로 돌아왔다. 아이들의 부모님은 요즘의 내가 달라 보인다고 했다.

모든 것이 잘 되어 가고 있다는 믿음 덕에 나는 아이를 몰아붙였다. 조금만 더 공부시키면 아이가 좋은 성적을 받을 수 있을 것 같았다. 기대가 컸던 나는 전에 없이 엄해졌다. 아이가 내 기대를 충족시키지 못할 때 서운하다며 처음으로 아이 앞에서 울기도 했다. 채찍과 눈물로 아이의 성적은 크게 향상됐고, 나는 내 유능함에 도취했다. 하지만 학부모는 한순간도 아이가 공부를 잘하기를 기대하지 않았다. 나도, 아이가 공부를 잘하기를 기대한 적 없었다. 조증 선글라스를 끼기 전까지는. 지금까지 알던 선생님이 아닌 것 같다고 했다. 내가 나의 변화를 느끼듯, 모두가 느꼈다.

'그러다 다 잃는다'는 것은 그런 의미였다. 조증 선글라스를 쓴 내가 알록달록 아름다운 세상만 비춰보고 있을 때, 남들은 나를 이상한 사람이라고 생각했다.

게다가 상황을 살피지 않은 채 수업료를 올리려고 했다. 당시 나는 '몸값'에 집중하고 있었다. 돈이 하사하는 자유가 한계에 부딪혔기 때문이었다. 한계를 넘어서려면, 더 벌어야 했다. 역시나 조증 선글라스를 낀 나는 스스로 '더 받아야 해' 속삭였다. 나 자신과 내 수업을 완벽하다고 여겼기 때문이다. 그러니 인정 욕구를 자주 내보였다. 내가 요즘 얼마나 바쁜지, 얼마나 잘 나가는지 드러냈다. 아이의 성적은 내가 '만들어 낸' 것이라고 자랑스럽게 말했다. 선생은 영광의 순간에 뒤에 있는 사람이어야 했는데. 조증 선글라스를 낀 나는 선생이 아니었다. 학생의 성적, 돈, 명예 같은 결과만 중요했다.

조증에 완전히 지배당한 몸으로 아이들을 돌봐서는 안 됐다. 조증을 가벼이 여기거나 오히려 행복이라고 생각해서는 안 됐다. 의사 선생님 말씀처럼, 사고 쳤다. 조증 때문에.

내 탓이 아니라 조증 때문이라고 말할 수 있는 것 또한, 조증 덕분이다. 조증이 '빌려주는' 긍정의 힘 덕에 대형 사고가 그다지 큰 절망으로 느껴지지 않았다. 당연히 따라와야 할 자책도 밀려오지 않았다.

나는 20분쯤 울다가, 눈물을 닦고 바로 다음 수업에 투입됐다. 평소와 같이 즐겁게 수업했다. 수업이 끝나자마자 노트에 앞으로 하고 싶은 일을 빼곡히 적었다. 선생 되기는 영 글렀으니 다른 무언가를 시작해야겠다고 결심했다. 삶이 늘 그랬듯, 큰 사건 이후 더 큰 변화가 찾아오리라. 불행이든, 행운이든. 어쩌면 이 일로 내 삶이 통째로 바뀌어 버릴 수도 있겠다고 생각했다. 조증의 힘을 끌어 모아 좋은 것만 보기로 했다. 빈 시간이 많이 생겼지만 그 시간은 분명 즐거울 것이라고. 책도 쓰고, 대학원 진학 준비도 하면서 새로운 미래를 맞이할 것이라고.

  차이고도 울지 않았던 것처럼, 대형 사고를 치고 울지 않을 수 있었다. 오히려 밝은 미래를 그려볼 수 있었다. 이렇게 조증이라는 놈은 병 주고 약 준다. 내가 하는 일을 아주 통째로 엎어버린 다음, 절망해야 할 내게 극복의 힘을 나눠 준다. 그런다고 엎어진 일이 돌아오는가? 아니다. 그러니 결국 조증은 파괴적이었다. 상처를 만들고 아픔을 느끼지 못하게 한다. 아픔을 느끼지 못하는 몸은, 다치는 것을 인식하지 못한다.

  조증이 나눠 준 극복의 힘은 허상이다. 조증이 끝날 때, 슬픔과 비관을 막고 있던 극복의 힘도 사라진다. 그리고 댐이 무너진다. 절망이 쏟아져 홍수를 이룬다. 모든 것이 잠긴다. 그것이 조울이라는 병의 진짜 모습이다.

  고기능 조증이란 허상이었다. 나는 조증으로 인해 일상에 큰 지장을 받고 있었다. 병을 통제하지 못하고 있었다. 조증의 긍정적인 점만 취하겠다는 욕심과 그 힘을 빌린다는 생각은, 조증으로 인한 착각이었다. 조증은 끝없이 나를 착각하게 했고, 나는 자신을 믿지 못하게 됐다.

조증의 추억

돌아보면 살면서 조증 상태일 때가 몇 번이나 있었던 것 같다. 특히 엉덩이로 선생님 책상 유리를 깼던 때.

중학교 입학 후 새로운 학교생활이 즐거웠다. 초등학교 때보다 많은 친구를 사귀었다. 그 안에서 사랑받는 기분이 충만한 매일이었다. 누구라도 날 좋아할 것이라고 생각했다. 내가 아무리 시끄럽고 사고를 몰고 다녀도, 단지 재미있는 사람이라고 생각했다. 그게 내 매력이라고 주장했다.

그와 동시에 친구들에게 함부로 대했다. 친밀함의 표시라고 생각하며 '미친년' 같은 욕을 달고 살았다. 그때 나는 자신을 우두머리라 여겼다. 자신감이 넘치고 거만했다. 누가 나보고 싸가지 없다고 하면 칭찬으로 받아들일 정도였다. 드라마에 나오는 '나쁜 남자' 같이 싸가지 없고 차가운, 그럼에도 사랑받는 독보적인 캐릭터가 될 수 있다고 믿었기 때문이다. 자신감이 넘쳐서 그렇게 행동해도 괜찮을 것만 같았다.

다음 해에 따돌림을 당했다. 타인의 사랑만이 내 안을 채울 수 있었는데. 따돌림당하던 시절의 나는 속이 비어갔다. 텅텅 비어 몸을 가누지 못하고 추락했다. 외로움과 수치의 절벽 아래로 하늘하늘. 여러 방식으로 죽는 상상을 했다. 엉엉 울면서 엄마한테 유학을 보내 달라고 했었다(아주 드라마적 전개였으나 단박에 거절당했다). 절박하게 학교에 가고 싶지 않았다. 살면서 두 번 불면증에 시달렸었는데, 이때가 내 첫 불면의 시기였다.

조울증은 상승과 하강의 곡선이 존재한다. 조증 삽화(조증 행동 양상을 보이는 시기)의 기간과 울증 삽화(우울증 시기)의 기간이 번갈아 나타나기 때문이다. 조울증이라는 병을 처음 제대로 알게 되고 나서야, 당시의 환희와 나락이 설명

된다. 그때 죽고 싶다는 생각 사이에서 정신과에 가겠다는 생각도 했더라면, 엄마에게 유학 이야기를 꺼내기 전에 정신과 진료를 받게 해달라고 말했더라면 어땠을까. 실은 따돌림을 당하기 전에, 엉덩이로 유리를 깨던 시절부터 정신과 진료를 받고 싶었다. 소란을 몰고 다니면서도 집에 오면 베개가 다 젖도록 울곤 했기 때문이다. 엄마는 안 된다고 했다. 당시에는 지금보다 더 정신과 진료에 대한 사회적 낙인과 편견이 심각했다. 그러니 물론 안 될 일이었다. 정신과에 일찍 다녔더라면, 하는 가정은 무의미하다.

그러나 여전히 시간을 돌리는 상상을 한다. 내가 꾸준히 정신과 진료를 받았더라면, 내 행동과 감정을 분석하고 치료하는 조력자가 있었더라면, 조증도 울증도 ADHD도 통제할 수 있었을까. 공부를 잘하고, 친구들과의 감정 문제도 덜 하고, 너무 많이 울지 않고 커서 '어른'이 될 수 있었을까. 나는 아직도 어른이 되지 못한 것 같다. 온갖 감정에 휘둘려서 어른은커녕 제대로 된 자아조차 없는 것 같다. 내가 생각하던 어른은 이런 것이 아니었다. 어른이 되지 못한 채 시간이 빠르게 흐르면, 어린아이에서 아줌마나 할머니로 삶의 시기를 뛰어넘게 될 테다.

강렬하게 '살아있음'을 느꼈던 시기도 있었다. 살아있다는 사실과 감각을 가장 예민하게 느꼈던 때였다. 매 순간 각성되어 있었다는 의미다. 그때 나는 열아홉 살이었다.

고등학교 2학년에서 3학년으로 올라가는 겨울은 '인생에서 가장 중요한 시기'라고 했다. 수능을 앞두고 '학교 수업의 방해' 없이 진득이 공부하기에 좋은 시기란다. 글쎄, 어차피 사교육계 사람들은 모든 시기를 '가장 중요한 시기'라고 부른다. 초등학교 4학년이 제일 중요하다. 5학년이야말로 미래를 결정한다. 6학년에서 대학이 결정된다. 어쩌고 저쩌고. 대치동에서 태어나고 자란 나는 그 모든 말들의 목각인형이었다. 학년마다 '중요하다', '결정한다'는 제목의 책들이 서가에 꽂혔다. 12년 내내 모든 시기와 순간이 중요했다. 그러니 언제나 말을 잘 들어야 했다.

하지만 나는 말 안 듣는 아이였다. 중학교 1학년까지가 내 짧고 찬란한 '영재' 시기의 마지막이었다. 어른들 말을 잘 들으면서 살기에는, 궁금하고 억울하고 부당하다 느끼는 것이 많았다. 그래서 이후로는 쭉 놀았다. 그것도 아주 잘 놀았다.

노는 것도 잘하려면 열심히 연습하고 단계를 밟아 나가

야 한다. 학교 안에서 놀다가 학교 문을 나섰다. 학교 근처에서 놀다가, 동네 노래방과 롯데리아로 진출했다. 가까운 번화가로 향했고, 멀고 유명한 번화가에 발을 들였다. 놀고 놀고 놀다가, 고등학교 2학년 때는 홍대 인디 클럽에 밴드 공연을 보러 다녔다. 홍대에 출근하는 사람처럼 하교 후 지하철로 한 시간 거리인 홍대로 갔다. 물론 엄마에게는 독서실 간다고 뻥 쳤다.

홍대만 갔나? 여름 내내 록 페스티벌을 섭렵했다. 지금 생각해도 정말 의문이다. 스마트폰 지도도 없이 대체 어떻게 그곳들을 찾아간 걸까. 경기도 이천이나 인천의 외떨어진 페스티벌 부지까지 혼자서. 지금은 미스터리지만 그때는 밴드 공연이라면 혼자서도 어디든지 잘 다녔다. 물론 공연장을 찾아 다니는 실력만큼 공연장에서 노는 것도 대단했다. 노는 것으로 대학에 보내 준다면 수석으로 입학했을 것이었다. '성공한' 사람이 되려면 왜 꼭 공부만이 답이라고 하는지, 알면서도 모르겠다고 생각했다.

결국은 현실을 받아들였다. 고2 11월부터는 홍대에 발을 끊었다. 아무리 꼴통이라지만, 할 때는 하는 사람이라는 게 내 마지막 자부심이었다. 과목 간 편차가 심해도 잘하는 과목은 언제나 1~2등급 내렸다. 수능을 앞두었으니 평소 외면하던 과목 성적도 끌어올려야 했다. 유명 재수학원의 특강에 등록했다. 겨울방학 동안 매일 아침 8시부터 밤 10시까지 전 과목의 수업과 자습이 반복되는 일정이었다.

그 학원에서 나는 순찰하던 경비 아저씨를 놀라게 하곤 했다. 매주 월요일에 선착순으로 교실 내 자리를 배정하는데, 늘 아침 5시에 등원해 맨 앞자리를 맡았다. 맨 앞자리는 뒷목이 아픈 자리다. 칠판 바로 앞에서 선생님께 강렬한 눈빛을 보내려면, 선생님의 모든 말에 고개를 끄덕거리려면. 나는 스프링 튕기듯 힘차게 아래위로 고개를 튕겼다. 이동 수업이 있을 때는 수업이 끝나자마자 벌떡 일어나 교실을 뛰쳐나갔다. 다른 교실에서도 맨 앞자리를 맡기 위해서였다. 남들을 밀치다시피 복도를 뛰어갔다.

독한 마음 먹고 공부하러 온 곳에서 누군가와 친해지고 싶지 않았다. 쉬는 시간과 식사 시간에 다른 학생들은 서로 어울려 놀았지만, 나는 누가 말을 걸어도 긴 대답을 하지 않았다. 날을 세우고 공부만 했다. 그러니 반 아이들은 대부분 나를 싫어했다. '재수 없고 싸가지 없다'고 욕했다. 내가 선생님 앞에서 고개를 아래위로 흔드는 모습을 따라 하고 비웃었다. 나는 전혀 개의치 않았다. 소심한 내 인생에서 그렇게까지 대담했던 순간은 아마 그 후에는 없었고 앞으로도 없을 것이다. 나는 '재수 없는 모범생' 역할에 심취해 있었다. 재수 없을수록 더 좋아. 그럴수록 남들을 밀치고 나아가는 거야. 남을 이기겠다는 생각뿐이었고, 등급만이 중요했다.

그곳에서는 매일 스터디 플래너를 작성하고 매주 담임 선생님께 검사받았다. 매일 해야 할 공부를 목록으로 적고, 성취도를 매기고, 공부한 시간의 총합을 적는다. 맨 밑에는 '오늘의 평가' 칸이 있다. 어느 날은 "몸이 안 좋다. 하지만 정말로, 살아있다는 기분을 느낀다. 매일 매일 가치 있고 보람된 일을 하는 것이 즐겁다. 남보다 더, 더 많이 해야지"라고 적었다.

당시 나는 채 세 시간도 안 자고 있었다. 등원 전후로 복습과 예습, 숙제를 다 하고도 추가로 영어 단어를 외웠다. 이만큼이나 더 많이 공부할 수 있다는 사실이 즐거웠다. 스터디 플래너가 빼곡히 차는 게 뿌듯했다. 잠이 줄어들고 공부 시간은 늘어나는 것이 짜릿했다. 공부만이 나를 증명하고 살아있게 하는 것 같았고, 공부를 향한 모든 감정이 생생했다. 밤 10시에 학원이 끝나고 독서실로 향하면서, 세 시간을 자고 일어나면서 희열을 느끼곤 했다(그런데 뭐가 그렇게 '가치 있고' 보람된 일이었던 거야?).

잠을 자지 않고, 나는 분명 남들보다 성공할 것이라고 자만하며, 남들이 욕을 하든 말든 신경조차 쓰지 않고, 오로지 목표를 향한 몰입에 희열을 느끼던 나. 그때의 나는 조증이었을까. 저 시기 직후로 무력함과 자살 사고가 돌아왔다. 그때 나는 조울의 곡선 위에서 롤러코스터를 타고 있었던 걸까. 당시의 스터디 플래너를 꺼내 보았다. 지저분하고 너덜너덜한 종이 위에서 능률과 생산성, 희열과 무력함, 우울과 희망이 파도친다.

떠오르는 시기가 또 있다. 스물한 살부터 스물세 살까지 이어진 연애가 끝났을 때.

나는 당시 연인을 삶에 한 번뿐인 운명이라 믿었었다. 우리는 한여름의 록 페스티벌에서 만났고(그는 내 '대단히' 잘 노는 모습에 첫눈에 반했었단다), 약 2년 후 헤어졌다. 그리고 나는 처음으로 심리 상담을 받기 시작했다. 우울해 일상생활을 할 수가 없었다. 대학 성적도 눈에 띄게 낮아졌다. 대신 중학생 때 이후로 안 쓰던 글을 쓰기 시작했다. 집 밖으로 나가지 않고 조용히 글 쓰고 요리하는 일에 취미를 붙였다. 나는 우울하고 고요했고, 아무도 모르게 침잠했다. 집이라는 외딴 공간 안에서.

친구 덕에 우연히 스케이트 보드를 타게 되면서 점점 밖으로 나왔다. 내 모든 취미의 시작이 그렇듯, 나는 그때 스케이트 보드 타는 것에 미쳐 있었다. 하루에 몇 시간씩 보드를 탔고, 보호구 없이 탔고, 몸을 사리지 않고 탔다. 거의 몸을 던지는 것에 가까웠다.

매일 집에 돌아와 거울을 보면 허벅지며 무릎이 멍과 찰과상으로 덮여 있었다. 비슷한 위치에 멍이 들고 또 들기를 반복하며 멍은 더욱 거대해졌다. 아스팔트 바닥에 긁힌 상처에서는 피가 나고 딱지가 생기고 다시 쓸려 피 보기를 반복했다. 상처가 늘어날 때 나는 남몰래, 나 스스로도 몰래, 희열을 느꼈다. 마음 안쪽으로 난 상처가 밖으로 드러나는 과정이라고 생각했다. 내상에는 약을 바를 수 없지만, 외상은 약을 바르면 낫는다. 그러니 내상을 밖으로 꺼내 놓으면 외상처럼 치료될 것이라고 믿었다. 지나고 보니 그건 자해였다.

나는 스케이트 보드를 타고 더 멀리 나갔다. 친구들과 타고, 동호회에 나가고, 보드를 들고 바닷가로 여행도 다녔다. 스케이트 보드는 꼭 밖으로 나가야만 할 수 있는 취미라서, 덕분에 사람들을 많이 만났다. 곧, 사람을 좋아하며 에너지 넘치고 방정맞은 내가 돌아왔다. 헤어진 연인은 여전히 잊지 못했지만.

전 연인을 잊겠다며 열몇 번의 소개팅에 나갔다. 몇 개월 동안 열몇 번. 공손히 인사하고 밥 먹고 커피 마시고 헤어져서, 다시는 연락하지 않는 일을 열몇 번. 아무도 마음에 들지 않았다. 누구도 나만큼 취미와 문화를 향유할 줄 몰랐다. 누구도 나만큼 깊이 예술을 탐닉할 줄 몰랐다. 나만큼 똑똑한 사람도 거의 없었고, 누구도 나만큼 멋지지 않았다. 누구를 만나도 나 자신이 아까웠다.

나는 소개팅에 매번 늦었다. 화장을 하고 거울 앞에서 떠나지 못했기 때문이다. 최근 거울 앞에서 사진을 찍느라 자주 일정에 늦었던 것과 같은 이유다. 그때의 나는 티 없이 예뻤고, 거울 속에서 줄곧 완벽했다. 나 자신이 너무나 마음에 든 나머지, 다른 사람을 만날 수 없었다. 나는 그때 꼭 나 같은 사람을 만나고 싶다고 말하곤 했다. 최근의 나도, 그때 이후로 한 적 없는 소개팅을 여러 번 했다. 아주 나 같은 사람을 만나고 싶다고, 나 정도의 사람이 없다고 말하고 다녔다. 과거와 현재의 행동이 너무 닮았다. 조증에 걸린 지금의 나는 화려한 옷을 입은 공작새 같고, 소개팅을 마구 하던 과거의 나도 화장을 진하게 한 공작새 같았다.

조울증에는 흐름이 있다. 굴곡이 있다. 조증과 울증이 특정 기간 동안 이어지며, 조증과 울증의 패턴을 그리며 반복된다. 조증을 인지하고 인정하게 된 후, 병을 직시하게 된 후, 과거를 돌아보았다. 내 조울의 곡선은 어디서부터 시작되었는가. 조울이 깊은 굴곡을 가진 곡선이라면, 어딘가 시작 지점이 있을 것이었다.

조울의 곡선을 따라가며 과거를 회상했을 때 보이는 것들이 있다. 과거 나의 행동과 결과를, 이유를 이제야 알게 된다. 과거 나를 이해하게 된다. 용서할 수 없었던 나의 모습을, 그 죄를 스스로 사한다. 그리고 받아들인다. 보듬는다. 과거의 아픔에 공감한다. 그 아픔을 통해 현재를 본다. 과거를 포용하는 마음으로, 현재도 용서할 수 있을까?

북부 대공의
은밀한 조증

* 비전문가, 조증 환자인 화자가 극단적으로 끼워 맞춘 조증 진단이 포함되어 있습니다. 조증이라는 병에 매몰된 화자의 시선일 뿐, 실제 정신과 진단은 어떤 한 질병에 편향된 방식으로 내려지지 않습니다. 재미로만 봐 주세요.

최근 중세 시대 배경의 로맨스 판타지 웹소설을 시간 가는 줄 모르고 읽었다. 그 소설에는 치렁치렁한 드레스를 입고 광채를 뿜는 여자 주인공이 나온다. 그 곁에는 검고 각진 옷을 입은 채 허리춤에 검을 찬 잘생긴 남자가 있다. 그 남자의 신분은 주로 황태자이거나 '북부 대공'이다.

왕자가 아니라 황태자여야 하며, 이도 아닐 경우 '북부' 대공이어야만 한다. 남부나 서부 대공일 수는 없다. 남부는 따뜻한 곳이라 대공에게 하와이안 셔츠를 입혀야만 할 것 같다. 서부는 서부 영화 때문인지 대공이 칼을 들고 싸우는 게 아니라 밧줄을 휘두를 것 같다. 무릇 북부 대공만이 눈보라 속에서도 서늘하게 빛나는 칼을 들고 등장할 수 있다. 겉모습은 얼음보다 차갑고 단단하되 내 여자에게는 따뜻해야 한다. 그 '반전미'에 마음이 물렁물렁해진 독자들은 한없이 다음 화를 결제하고 만다.

북부 대공은 목욕할 때도, 잘 때도 철 덩어리 같은 식스팩을 유지한다. 어깨는 여자 주인공보다 세 배는 넓다. 누구보다도 검술에 특출하고, 그의 영지를 다스리는 데도(온갖 문서 일에도) 유능하다. 언제 다 읽을까 싶을 정도로 넓은 서재에 책을 빈틈없이 가지고 있다. 조선시대에도 개인의 능력을 문과와 무과로 나누어 관직에 등용했는데. 그는 문과와 무과의 경계를 부수는 초월적인 존재다. 스스로도 자신의 초인적 우월함을 넘치도록 자각하고 있다.

검술에, 문서 작업에, 책도 읽어야 해 바쁘지만 그에게는 내 여자와의 데이트가 제일 급하다. 몸이 열 개라도 모자란다. 그러면서 그는 밥을 잘 먹지 않고, 잠도 거의 자지 않는다. 집사는 과로하는 그를 항시 걱정하지만, 쓰러지는 것은 여자 주인공일 뿐. 북부 대공은 절대로 쓰러지지 않는다. 결점 하나 없는 모습으로 높은 의자에 앉아 거만하게 명령한다. 주로 그는 '찔러도 피 한 방울 안 나올 것 같은' 모습으로 묘사된다. 이 정도면 '결혼하고 행복하게 살았다'는 엔딩이 아니라 그가 사실 인간이 아니었다는 엔딩이 더 어울리지 않을까?

믿을 수 없지만 정말 '인간'이라면, 그에게는 문제가 있어 보인다. 정신과적인 문제가.

차갑고 완고한 모습 뒤에, 그는 상처를 가지고 있다. 주로 가족 문제다. 모종의 사건으로 인해 일찍 어머니를 여의었다든가. 그래서 어머니의 기일이 다가올 때면 그의 차가움과 완고함이 어두움과 우울로 변한다. 하인들은 어떤 시기에 그가 술에 절어 있는지, 혹은 난폭해지는지 알고 있다.

어느 날, 그의 어둡고 난폭한 모습을 품어 주는 이가 등장한다. 물론 여자 주인공이다. 그 남자는 '품어 주는 여자'

가 나타나고 나서야 식사한다. 잠 못 이루던 밤을 잊고 아이처럼 잠든다. 상처가 치유된다. 그런데 잠 못 들고 밥을 안 먹는 것, 성격이 변할 정도로 우울하고 괴로워하는 것, 다 정신과의 영역 아닌가?

조증 환자인 나는 누가 일을 너무 열심히 하는 것만 봐도 '야, 너두 조증?' 하고 생각한다. 내가 조울증 환자라는 사실을 인정하고 나서 생긴 습관이다. 조울증을 인지하고 난 뒤, 나는 물결치는 조울증의 곡선이 내 삶과 얼마나 오래 함께했는지 알아가기 시작했다. 과거 나 자신의 행동이 언제, 얼마나 '조증적'이었는지 떠올려 본다. 조증, 우울증, 조증, 우울증의 패턴이 과거에도 존재했는지 기억을 파헤쳐 본다. 나를 수시로 되살피고 진단하다 보니, 남의 조증적 특성도 눈에 띈다.

차갑고 거만한 북부 대공은 일에 파묻혀 밥도 안 먹고 잠도 안 잔다. 조증 레이더가 반응한다. 완벽한 남자 북부 대공, 너두 조증? (의사 선생님은 여기저기 진단을 갖다 붙이는 내게 '의대생 증후군'●이라고 말씀하셨다.)

이 책 64쪽의 조증 진단 기준에 따르면 북부 대공은 '이상할 정도로 의기양양하거나 과잉된 기분이 일주일 이상 지속됐다'. 그는 항시 누구보다도 의기양양하고 거만하다. 종종 검을 휘두르면서 크게 분노하기도 한다. 더불어 진단 기준 첫 번째의 '자존감이 높아진 것 같다거나, 자신감이 넘치는' 모습을 보인다. 그는 높은 곳에 앉아 사람들을 내려다보며 매사에 자신감 있는 모습이다. 자존감은 말할 것도 없다. 그에게 못 해낼 일이란 없으며, 완벽한 그는 자신의 완벽함을 안다. '수면에 대한 욕구 감소', '목표 지향적 활동의 증가'로 잠도 안 자고 일만 한다. 밥도 안 먹는다.

기준에 따르면 3가지 이상 해당할 경우 심각한 조증 증세다. 소설마다 다르지만, 어떤 북부 대공은 성생활도 문란하다. 상처를 잊기 위해서 스스로를 타락시키는 맥락이다. 물론 여주인공이 나타나 그를 구원해주기 전까지만. 그런 행동은 '고통스러운 결과를 초래할 쾌락적 활동에 지나치게 몰두'하는 것에 속한다.

진단 기준으로 보았을 때 그는 흠 없는 판타지적 남주인

● 의과대학생 증후군(medical student syndrome): 인턴 증후군이라고도 한다. 의대 학생들이 공부 중인 질병의 증상을 자신이 겪는다고 착각하는 증후군이다.

공이 아니라 조울증 환자일지 모른다. 자신감 넘치는 조증 상태로 일에 과몰입하다가, 어머니의 기일이 다가오면 우울증 상태가 되는 것이다. 흔히 볼 수 있는 조울증 환자의 모습이다(비전문가의 입장이다).

북부 대공의 특성을 이리저리 재단하다 보면 소설에 집중이 안 된다. 전문가도 아니면서 '흑장미 같은 북부 대공… 알고 보니 조울증 환우?' 하며 집중력이 흐트러지는 것이다. 곧 판타지적 북부 대공은 완벽함을 잃는다. 그의 단단하고 차가운 모습은, 과한 자신감과 고양감에 취한 모습으로 전락한다. 그가 나처럼 흠결 있는 사람이라는 데 닿으면, 무엇도 아닌 그저 돌은 사람으로 보인다. 소설을 읽으며 내 머릿속에서 생생히 살아 움직이던 북부 대공, 나와 다른 독자들의 심장을 쥐락펴락하던 북부 대공. 그는 어느 순간 미친 사람이 되어 머릿속에서 뛰쳐나올 지경이 된다. 소설 속 세계가 와장창 깨져 버린다.

조울증 환우일지도 모르는 북부 대공은 나처럼 사고를 치고 다닌다. 업무적으로는 완벽한 인물이지만, 타인에게 폭력을 가하거나 주변인들에게 함부로 대해 상처를 준다. 자신이 아무리 못되게 굴어도 아무 문제 없다는 듯 차갑고 도도한 태도를 유지한다. 그저 무술을 단련하고 서재에 박혀 일만 잘하면 된다는 듯. 하인이 자주 바뀌는 것쯤은 신경 쓰지 않는다.

그는 사랑을 몰랐다. 그의 정신과적 문제는 여자 주인공이 나타날 때까지 썩어 들어가기만 했다. 천사처럼 등장한 여자 주인공은 북부 대공의 성에 활기를 불어넣는다. 하인들을 애정으로 돌보고, 북부 대공의 폭력적인 행동을 막는다. 북부 대공의 곁을 지키며 그가 치고 다니는 사고를 원천 차단하거나 수습한다. 궁극적으로는, 사랑으로 그의 상처를 치유한다.

그들의 사랑에는 많은 시련이 있다. 주로 신분의 차이, 혹은 로미오와 줄리엣 같은 집안 사이의 갈등, 다른 이의 시기 질투로 인한 오해 등. 여자 주인공과 멀어질 때마다 북부 대공은 한없이 추락한다. 이보다 더 깊은 나락은 상상할 수 없을 만큼 추락하며 북부 대공은 여자 주인공에 대한 사랑을 다시금 깨닫는다. 마침내 재회의 순간, 사랑으로 터질 것 같은 그의 감정은 하늘로 솟는다. 어떤 말이나 행동으로도 표현할 수 없을 만큼 감정이 마구 터져 나온다.

그런데 정말 사랑이 양극성 장애(조울증)를 치유할 수 있을까? 아니, 그의 지독한 사랑이 오히려 조울증에 의해 만

들어진 것은 아닐까? 조울증의 감정 제트기가 사랑을 태우고 있었다면, 병리적 감정 기복을 사랑의 격동으로 오해했다면? 나의 행복이 거짓이었던 것처럼, 그의 사랑도 거짓이라면? 소설 속 격렬한 사랑은 그를 치유할 수 없을지도 모른다.

어둠의 북부 대공에게 필요했던 것은 후광 나는 여자 주인공이 아닐지도 모른다. 정신과 의사가 필요할 수 있고 상담사가 필요할 수 있다. 중세 시대에는 지하 감옥에 사람을 가두고 벽에 매달던 정신병원이 있었다. 그러니 북부 대공이 정신병원에 갈 수는 없었을 것이다.

하지만 지금 우리에게는 친절하고 부드러운 미소를 띤 상담사와 정신과 의사 선생님이 계시다. 감사한 일이다. 소설처럼 완벽한 연인을 찾지 않아도 되어서. 정신과 약 몇 알, 심리상담사 선생님과 사근사근한 대화 한 시간씩이면 북부 대공의 사랑도 덜 절절했을까?

내일부터
갓생 산다

　나 빼고 모두가 갓생을 살고 있는 것 같았다. 소셜 미디어 속의 친구들은 모두 예쁘고, 완벽한 몸매로 레깅스와 크롭탑을 입고 아침 일찍 필라테스를 하며, 일도 열심히 해 직업적 성공 궤도 위에 있다. 퇴근하면 테니스를 치거나 골프 연습을 하고, 자기 계발을 위해 공부 또는 책을 읽는다. 주말에는 호캉스를 가거나 비싼 식당에서 한입씩 나오는 음식을 먹는다. 활기와 자신감 넘치는 모습들이 반짝반짝 빛난다.

　공부하고, 일하고, 운동하고, 돈 쓰기를 반복한다. 쉬지 않고 움직이되 쉼 또한 '잘 쉬어야' 한다. 이렇게 사는 것을 갓생이라 부른다.

갓생은 표준화 되어 있다. 그러니 갓생의 틀 안에 들어가기만 하면 된다. 몸과 정신을 틀 안에 욱여넣을 각오와 의지가 필요하다. 그 과정에서 나의 성질, 나의 본질을 변형해야 할지라도 감내해야 한다. 나에게 중요한 무언가를 바쳐야 할지라도. 이불 속에서 중얼댄다.

"내일부터는 꼭 갓생 살고 만다."

안타깝게도 나는 태생이 게으르다. 혼자 주택에 살면서 2년 동안 한 번도 마당을 쓸지 않았다. 세차는 비가 오면 알아서 되는 것이라 믿는다. 세탁실의 고장 난 전구를 6개월째 갈지 않았다. 캠핑 랜턴이 전구를 대신하고 있다. 4년 전에 산 아이패드의 보호 필름이 붙이자마자 깨졌지만, 아직도 그대로 사용 중이다. 그러니 내일부터 갓생 산다고 결심해 봤자, 마당 쓸고 세차하고 전구와 보호 필름을 갈지 않고서는 어렵다.

이런 내가 갓생을 살 수 있을 리가. ADHD 환자이니 공부만 하려고 하면 할 일이 떠올라 책상을 떠나곤 했다. 다시 책상에 앉기까지 며칠 혹은 몇 주가 걸렸다. 제주도에 살게 되면 아침마다 러닝을 하겠다고 마음먹었었지만 딱 하루 했다. 주말에는 주로 침대에 누워서 뒹굴거리다 밥 먹을 때만 일어났다.

그러니 체력 좋고 몸매가 예쁠 리도, 일과 공부를 열심히 하고 있을 리도, 돈이 있을 리도 없었다. 나는 스스로의 게으름을 완벽히 인지하고 있었다. 그런데도 갓생의 꿈을 놓은 적은 없었다. 갓생이라는 단어가 태어나기도 전부터 계속. 갓생으로 대변되는 '생산적인 삶', '성장하고 진보하는 삶'에 대한 맹목적 갈망이었다.

그 갈망은 애초에 나의 것이 아니었다. 나는 머물러 있고 고여 있는 것을 좋아하는 사람이다. 하지만 갓생을 살아야 한다는 부담감이 나를 졸졸 쫓아다녔다. 아니다. 죄책감에 가깝다. 나를 졸졸 쫓아다니는 것이 아니라 채찍을 휘두르며 쫓아왔다. '갓생'에 쫓기던 나는, 스스로 달리지 못하고 떠밀렸다. 침대에서 뒹굴 때도, 웹소설을 읽을 때도, 인스턴트식품을 먹을 때도, 나는 달려야 한다는 죄책감에 이리저리 떠밀렸다. 갓생으로 가득한 세상에서, 달리지 않는 나는 정녕 도태를 목전에 두고 있었다.

주말에 밖에 나가지 않으면 압박감을 느꼈다. 특히 해가 쨍하고 하늘이 푸른 날에는, 들판으로 바다로 소풍가야 할 것만 같은 큰 부담감을 느꼈다. 이럴 때는 날씨가 원망스럽기까지 했다. 이런 날 우중충하게 침대에 누워만 있다가는 침대에 붙은 따개비가 될지도 몰랐다. 소셜 미디어 피드를 내리며 마지막까지 침대 위를 사수해 봤지만, 피드는 휴일에도 활기찼다. 날씨가 좋으니 다들 놀러 나갔다. 모두 잔디밭에서 피크닉, 교외 드라이브, 전시회, 에프터눈티로 바빴다. 좀 집에서 쉬지, 침대와 한 몸 된 사람 부담스럽게.

결국 몸을 일으켜 밖으로 나갔다. 햇살이 따스하고 차창밖의 바다가 아름다웠다. 역시 나오기를 잘했다고 생각했다. 그리고 다음 주부터는 반드시 갓생 살고 만다고 결심했다. 이 패턴은 운동에, 공부에, 일에 똑같이 적용됐다. 도태되지 않으려면 달려야 한다는 마음. 그리고 따라오는, 갓생 살았다는 뿌듯한 마음.

갓생은 하루하루 쌓였다. 주말에 스스로를 밖으로 끌어내는 것부터 시작되어 필라테스를 80회 등록했다. 수영도 배우기 시작했다. 입소문으로 일이 늘어 테트리스 하듯 업무 일정을 짰다. 하루에 열세 시간씩 일하는 데도 익숙해졌다. 수업을 더는 못 받을 것 같은데, 못 하겠다고 하지 않았다. 밥 먹을 시간은 부족했지만, 살이 빠져서 좋았다. 바지 사이즈가 세 사이즈나 줄었다. 금전적으로 여유로워졌다. 아침 일찍 운동하고, 하루 종일 바쁘게 일하고, 주말에는 호캉스를 갔다. 드디어 갓생의 완성이었다. 바쁜 삶을 소셜 미디어에 하나하나 전시했다. 드디어 나도 갓생 전시장의 한 자리에 걸리게 되었다.

내 삶이 거의 판타지 속 여주인공처럼 완벽하다고 생각했다. 레깅스와 브라탑이 잘 어울리게 되고, 커리어를 인정받고, 돈도 잘 버는 완벽한 사람. 매일 사진을 찍어 올렸다. 자기애가 폭발할 지경이었다. 그런데 그 정점의 순간에 들은 말,

"그러다 사고 나요. 지금 이룬 거, 다 잃을 수 있어요."

그 말을 들은 지 채 석 달이 안 됐다. 그간 일이 반으로 줄었고, 고정 수입이 사라졌다. 늘어난 고정 비용은 당장 줄일 수 없는 것뿐이다. 언젠가부터 소셜 미디어에 내 사진을 올리지 않는다. 호텔이나 맛있는 음식 사진도 올리지 않는다. 대신 과히 불안하다. 생계를 걱정하기 시작한다. 다음

달, 내년, 내후년을 두려워하기 시작한다. 이대로는 살아갈 수 없을 것만 같다. 9년 차 영어 강사지만, 영어 강사를 계속할 수 없을 것만 같다. 내가 부족한 것 같다. 지금까지의 커리어는 다 운이었던 것만 같다. 어느 날 부족함을 들켜서 영영 쫓겨날 것 같다.

돈을 벌기 시작한 이래로 일 년에 200만 원 정도 꾸준히 후원하던 후원금을 50만 원으로 줄였다. 거의 매일 하던 외식을 하지 않게 됐다. 돈 걱정을 매일 온종일 한다. 월세를 내지 못할 것만 같다. 그러고 나면 갈 곳이 없어질 것 같다. 자리 잡지 못하고 유령처럼 떠도는 삶을 살게 될 것만 같다. 가난해지면 제주를 떠나게 될까, 고향인 서울로 가게 될까. 아무 데도 가지 못할 것 같다. 서울도 제주도 내게 차가운 뒷모습만 보인다. 이 불안이 헛것일 수도 있다. 그러나 불안하다는 감정만은 실체다. 실체적인 불안은, 안정적으로 이어져 오던 내 삶을 바꿔놓는다.

황홀한 자신감과 기쁨을 가져다주는 조증, 그 뒤에는 우울이 따라붙는다. 악마와 계약하는 것과 같다. 악마와 계약하고 나면, 간절히 원하는 것을 지금 당장 이룰 수 있다. 하지만 그 뒤에는 목숨을 건 대가를 치러야 한다. 육신이나 영혼을 바친다든지. 그러니 조울증이란 악마와의 계약이다. 조증에서 빛나는 갓생의 영광을 누리고 나면, 스스로를 죽일 수 있을 만큼 강렬한 우울과 불안이 찾아온다. 그래서 조울증 환자 열 명 중 두 명은 자살한다.[•] 찬란한 영광 속에 있던 사람은 나락을 견딜 수 없다.

온 세상이 조증을 종용한다. 갓생을 요구하는 사회가 조증을 악화시킨다. 상담사인 내 친구 A는, 상담 경력 5년 동안 조증 환자를 한 번도 본 적이 없다고 했다. 환자들이 자신의 상태를 의심하지 않기 때문이다. 항상 행복하고, 일상의 생산성이 높은 것을 병이라 의심할 수가 없다. 해야 할 일에 집중이 잘 되고, 사람들을 많이 만나고, 세상이 아름다운 것을 병리적이라 생각할 수가 없다. 세상이 그런 상태를 '갓생'이라 보증하기 때문이다.

갓생을 사는 사람 중 누군가는, 날개가 쉽게 부러질 것이다. 자기 몸에서 돋아난 날개가 아니기 때문이다. 조증의 날

• Peter Dome, Zoltan Rihmer, Xenia Gonda, Suicide Risk in Bipolar Disorder: A Brief Review, 2019, National Library of Medicine, https://www.ncbi.nlm.nih.gov/pmc/articles/PMC6723289/

개는 쉽게 몸에 붙고 가장 허무하게 부러진다. 그걸 모른 채 날던 사람들은 떨어져 큰 부상을 입거나 사망하기도 한다. 하늘을 나는 황홀함에, 날개에 대한 의심을 가지지 못한 사람들은 추락한다. 오로지 높이 날기만을 요구하는 세상은 참사의 책임에서 고개를 돌린다.

나는 조증 상태가 이루 말할 수 없이 마음에 들었다. 끈적거리는 우울의 허물을 벗고 날 수 있게 된 것 같았다. 허물 안에 움츠리고 있을 때는 아무것도 할 수 없었다. 업무도, 공부도, 운동도. 우울증은 무기력증을 동반하기 때문이다. 하지만 바쁜 사회에서 겨울잠 잘 시간 따위는 없다. 우울하든 아니든, 나는 밖에 나가서 사람들을 만나고 '정상'의 가면을 써야 했다. 내 무기력이 느껴지지 않도록 같은 강도와 생산성으로 일상을 살아내야 했다. 우울하다고 가만히 있으면 살이 찔 테니 나가서 운동도 해야 했다. 그것만이 능력과 성장을 요구하는 사회에서 살아남는 방식이었다.

사회는 내 뒤에 바짝 붙어 "날아! 날아서 갓생에 도달해!" 소리치고 위협했다. 특히 업무에서는, 내 우울함이 조금이라도 영향을 주어서는 안 됐다. 병이 드러났다가는 전문성과 평판을 잃을 수 있다. 그러니 우울은 언제든 내 커리어를 무너뜨릴 힘을 가졌다. 반면 조증은 잠시나마 나를 날 수 있게 한다. 나를 갓생의 환상 속으로 밀어 넣는다. 환영하지 않을 수가 없다.

조증의 행복은 병리적인 행복이다. 온몸이 깨어나듯 모든 지각이 생생해진다. 눈앞의 모든 순간이, 귀에 들리는 소리가 아름답다. 심지어 밥도 맛있다. 행복하지 않을 수 없고, 감각에 도취하지 않을 방법이 없다. 하지만 그것은 진정 내 몸의 감각이 아니다. 병에서 빌려온 것이다. 혹은 나중에 써야 할 감각을 몰아서 쓰는 것이다. 조증의 도움을 받아 일시적으로 갓생을 살 수는 있다. 하지만 그 뒤에는 나를 집어삼키는 동굴이 기다리고 있다.

조증이 선사하는 아름다운 인생은 일시적이다. 그 사실을 깨닫고 나서야 마침내, 조증을 두려워하게 되었다. 하지만 더 두려운 것은 우울증이다. 평생을 거쳐 온 우울증의 터널, 본능에 가깝도록 내재된 공포, 무서운 것의 끝에 더 무서운 게 있다. 언젠가 우울증이 돌아오리라는 것을 알기에 공포는 배가 된다. 나는 차라리 조증에 영원히 머무르고 싶다고 생각하기도 한다. 조증을 잘 다스리고 헤쳐 나가며, 조증의 수풀 속에 숨어 있고 싶기도 하다. 저 끝에서 나를 기다리는 우울증의 눈에 띄지 않도록.

조증을 인정하고 과거를 헤집어 본 뒤, 평생 조울증 상태였을지도 모르겠노라고 의사 선생님에게 말했다. 선생님은 내게 '최대한 가만히 있으라'고 했다.

인과관계에 의해 일어날 사건들을 최소화해야 한다. 그러려면 조증을 인지하는 것이 우선이다. 그 후엔 날뛰는 감정을 가라앉히려 노력하며 의사 선생님 말씀대로 가만히 있어야 한다. 우울증이 찾아왔을 때를 대비하는 것이다.

조울증의 잔인한 점은, 조증 상태에서 벌인 일을 우울증 상태에서 처리해야 한다는 것이다. 조증과 울증이 사이좋게 번갈아 나타나기 때문이다.

조증의 나와 우울증의 나는 마치 전혀 상관없는 두 사람 같다. 조증의 내가 벌인 사고를 처리하는 울증의 나는 눈물로 젖은 침대에서 일어나지 못하며 되뇌인다. "미친 새끼…."

조증 상태의 나를 길들여 협조적인 미친 새끼로 만들어야 한다. 꼭.

의사 선생님은 친구 만나지 말고, 해외여행 가지 말고, 글도 쓰지 말라고 했다. 심지어 해리 증상마저도 견디라고 했다. 조증 상태에서 정신이 선명한 것은 위험하단다. 선명하게 사고만 칠 뿐이라며, 차라리 멍한 게 낫다고 했다. 친구를 만나면 과잉된 자신감 때문에 실수할 확률이 높고, 해외여행을 가면 자주 병원에 올 수 없어 모니터링이 어렵다고 했다. 아, "상담사 친구만 만나라"고 했다. 객관적 판단에 도움 되는 친구란다. 실제로 상담사 친구는 내가 과하게 웃거나 흥분해 있을 때 "너 조증~" 하고 말해준다. 더해 내가 책을 쓴다고 하니 어두운 표정을 했다. 조증의 특성인 논리적 비약이 걱정된다고 했다.

하지만 나는 '비약'을 '삐약'이라고 부를 만큼 비약에 마음을 두지 않는 사람이다. 글이 나를 투영할 수 있기를 바란다. 내 생각, 생각을 향해 뻗어나가는 사고의 흐름을 투명하게 보이고 싶다. 생각 자체는 더 이상 독창적일 수 없다. 80억 명의 생각이 공존하는 사회니까. 다만 생각을 향해 흘러가는 흐름, 마음의 강, 그런 것들은 오롯이 내 것일 수 있다. 매 순간 다른 길을 따라 흘러 어느 순간에도 같을 수 없다.

게다가 조증 상태의 나와 우울증 상태의 내가 쓰는 글은 아주 다르다. 다른 수원지에서 흘러온 두 개의 다른 강처럼. 그러니 흘러나오는 글을 매 순간에 기록해야 한다. 지금의 나는 평소보다 더 돈은 사람이니, 글도 돌아 있어야 한다. 비약이야말로 조울증에 대한 글쓰기에서 가장 중요한 부분이 아닐까? 글 속에 무한대의 비약을 내포한 채. 삐약.

어쩌지. 이 글을 출간하겠다 생각한 순간부터 갓생은 틀렸다. 갓생 사는 사람들은 자기가 얼마나 미쳤는지, 과거의 흑역사까지 파내어 보여줄 리가 없다. 글이 완성되어 갈수록 더더욱, 멀쩡한 척하기에는 돌이킬 수 없다는 걸 깨닫는다.

그러나 갓생 살기를 포기하지 않을 테다. 날씨가 좋은 날에는 무거운 몸을 일으키면서 사회를 욕할 테다. 억지웃음 지으며 사회의 기준에 나를 맞추며 살아갈 테다. 생산성을 높이고 멀쩡한 척, 정신병자 아닌 척할 테다. 들키더라도 뻔뻔하게 나는 유능한 정신병자라고 주장할 것이다. 그리고 갓생 사는 사람들을 의심할 것이다.

너 조증일 수도 있어… 병원 가 봐.

각성과 약

2022.12.25 새벽 4시

요즘 술을 많이 마신 날은 이상한 각성 상태가 되어 잠을 못 잔다. 잠들지도 못하고, 아침 일찍 깬다. 오늘은 유독 각성 상태가 심하다. 양들이 꿈의 경계를 넘지 못하는 어둠 속, 결국 불을 켰다. 그러고 보니 엊그제를 마지막으로 조증 약이 다 떨어졌다. 아까는 크리스마스 파티를 준비하며 정신없이 움직였다. 혼미하고 어지러웠다. 뭐든 손에 잡히는 대로 했다. 손만은 무엇을 해야 할지 아는 것처럼. 그리고 나는 아무것도 몰랐다.

자기 전에 조증 약을 먹으면 금방 잠드는데 양을 세고 달력을 세고, 감은 눈 속을 명상하듯 유영해도 오늘은 잠이 안 온다. 꿈으로 일그러지지 않은 생각들이 꼬리에 꼬리를 물고 나타난다.

조증 약에 잠을 의존하게 된 것이 아니다. 조증 약을 먹지 않으면 각성되어 잠들 수 없을 정도로 조증이 심해진 거다. 특히 술을 많이 마시는 날은 사람들과 웃고 떠드느라 심하게 각성된다. 그 상태가 지금까지 해제되지 않는다. 술을 많이 마시고서는 약을 먹을 수 없기 때문이기도 하다. 심지어 어제부터 약을 못 먹었으니 평소보다 각성이 심한 상태다. 어쩐지, 파티를 할 때 내 목소리와 웃음 소리가 제일 컸다. 어떤 순간에는 과함을 인지하기도 했지만, 결국 내내 과했다.

조증 판정을 받고 세계가 변했다. 이 행복은, 웃음은, 자신감은, 기대는 진짜일까 매번 의심한다. 나를 과히 믿으면서 믿지 않으려 한다. 과거의 순간들이 겹쳐 보이며 그때의 내 상태를 판정한다. 타인의 행복을 감히 판정하려 하기도 한다.

해외에 가서 시차 적응이 안 될 때, 수면 유도제인 멜라

토닌을 먹곤 했다. 그런데 조증 약을 먹으면 수면 유도제보다 더 강력한 잠이 눈꺼풀을 덮었다. 일을 하다가도, 책을 읽다가도, 친구랑 통화를 하다가도 까무룩 잤다. 이렇게 무거운 잠의 느낌은 처음이었다.

의사 선생님은 여덟 시간 이상 자야 한다고 했다. 약을 먹고 최소 여덟 시간을 내리 자지 않으면 잠에서 잘 깨지 못했다. 일어나고도 자고 있는 것 같았다. 선생님께 약에 수면제나 수면 유도제 성분이 섞여 있는지 물었다. 그건 아니라고 하셨다. 대체 어떤 원리인지 내내 궁금했다.

한 알에서 시작한 조증 약이 세 알로 바뀌었을 때 아주 이상했다. 이전까지는 잠이 무겁다고만 느꼈다. 새벽에 화장실에 가려고 잠에서 깼는데, 양쪽으로 흔들리는 거대한 어항 속에 있는 것 같았다. 수면에 이는 너울의 힘은 거대하고 규칙적이었다. 한편으로는 픽셀이 산산 조각 난 옛날 영상 안에 있는 것 같기도 했다. 고장 난 브라운관 화면 같은 것들이 한쪽에서 다른 쪽으로 요동치며, 다른 모든 감각을 휩쓸었다. 보이거나 느껴지는 것이 아니었다. 태어나서 처음 느껴보는, 감각되는 잠의 존재였다. 그것이 뇌에서 일어나고 있다고 직감했다. 뇌의 실체를 그렇게까지 인지해본

적이 없었다. 전에는 뇌가 작동하는 순간을, 형태를 느낄 수 없었다. 뇌는 다른 기관에 감각을 전달하고 명령하는 존재지 직접 감각하는 존재가 아니었다. 이전까지는. 화장실에 가는 새벽, 나는 방광과 뇌만 남은 사람 같았다.

다시 누웠지만 잠에 먹혀 숨을 쉴 수 없는 기분이 들었다. 물리적으로 숨을 쉬고 있는데도 숨을 쉴 수 없다고 느꼈다. 잠은 여전히 집채만 하게 밀려오고, 숨을 쉴 수 없고, 손발을 버둥거리고 몸을 굴리면서 호흡하려 애썼다. 졸음 속에서 반쯤은 꿈이고 반쯤은 현실이었다. 숨을 쉴 수 없었던 것은 꿈이고 숨을 쉬는 것은 현실이었을지도 모른다. 처음 겪는 고통임은 분명했다. 고통조차도 선명하지 않았지만 또 선명했다. 아침에 일어나자마자 정신과에 전화해야 해, 흐린 생각을 하고 또 하지 못했다.

간밤의 고통은 꿈처럼 잊었다. 오후에야 지난 새벽의 일이 떠올랐다. 왜, 어떻게 숨을 못 쉬었는지는 기억나지 않지만, 아주 고통스러웠다는 사실만은 알았다. 병원에 전화를 했다. 오늘 새벽의 일을 설명하며 조증 약의 부작용인 것 같다고 말했다. 그러나 의사 선생님은 그건 조증 약 때문이 아니라고만 하셨다. 그럼 그건 뭔지, 해리 현상처럼 원인도 결과도 해결책도 설명할 수 없는 일인지, 답답했다.

다시 밤, 나는 새벽에 깨는 것이 무서워서 자기 전에 물을 마시지 않았다. 다행히 이후로는 새벽에 깨도 그때 만큼 고통스럽지 않았다. 그건 대체 뭐였을까? 이상한 잠의 어항에 갇혀버리는 감각.

글은 새벽에 가장 잘 써지고, 여덟 시간을 자려면 일찍 자야 한다. 여덟 시간의 규칙적인 잠은 새벽 글의 흐름을 끊었다. 그러니 글의 흐름을 끊는 것과 잠을 덜 자는 것 사이에서 선택해야 했다. 새벽에 글을 쓸 때의 나는, 생각이 넘쳐흐르며 손끝이 벼리다. 졸려서 글쓰기를 그만 하는 일은 없었다. 집중력은 더 강한 집중력을, 정신의 선명함을 불렀다. 정신을 차려 보면 서너 시간이 지나 있었다. 쓰던 글을 마치고 나면, 자기 전 먹어야 하는 조증 약을 먹었다. 약을 먹지 않으면 잠이 잘 안 왔다. 누워서도 말똥말똥했다. 하지만 약을 먹고 나면 글을 쓰는 와중에도 기절하듯 잠들었다. 꼭 하던 일을 다 마친 후에 약을 먹었다.

이런 패턴이 반복됐다. 약효가 떨어지는(의사 선생님의 말씀에 의하면 정확히 약효가 '떨어지는' 것은 아니라지만) 밤에는 조증이 고개를 든다. 집중이 잘 되어 업무 효율이 늘어난다. 조증의 집중력을 빌려, 빨려 들어가듯 글을 쓰고 나면 머리 끝까지 깨어난다. 글을 다 쓰고 나서도 각성되어 잠이 안 온다. 약을 먹는다. 약을 먹으면 저항할 수 없는 졸음이 쏟아진다. 눈이 감기는 대로 잠든다. 여덟 시간을 못 자고 일어나면, 여전히 자고 있는 상태로 고통 속에 몸을 일으킨다.

잠에 잠식되는 듯한 일이 있고 나서, 의사 선생님은 꼭 여덟아홉 시간을 자라고 당부했다. 글을 쓰면서 자는 시간이 아까웠던 나는, 위의 일을 겪고 나서는 순한 양처럼 말을 들었다. 이렇게나 글이 잘 써지는데 벌써 자야 한다니, 자는 시간이 아깝게 느껴지는 날이 많았다. 그건 조증의 특성이었다.

약효가 떨어지는 밤늦은 시간에, 나는 여전히 보름달 아래의 늑대처럼 깨어난다. 그리고 약을 투입하면 급격히 시든다. 약은 나를 대신해 조증과 협상한다. 조증은 '쓰던 꼭지만 마무리하자'고 말하고, 약은 대답할 가치조차 없다는 듯 조증을 조금 폭력적으로 잠재운다. 조증은 저항도 하지 못한 채 눈을 감는다. 위풍당당하던 모습은 어디에도 없다.

조증의 위대함에 매달려 글을 쓰는 나는, 그보다 더 강력한 약의 힘에 함께 잠든다. 나와 조증이 달빛 아래 추는 각성의 춤은 현대 의학 앞에 막을 내린다.

글을 쓰다가 '그분'이 오실 때가 있다. 글을 쓰는 나의 모습을 누군가 관찰한다면 이렇다. 이마를 손으로 팍팍 치거나 미간을 짚는다. 작은 목소리로 욕을 속살거리고 엉덩이를 들썩이며 천장을 노려본다. 날아가던 파리도 뚫을 것 같이 잔인하고 애절하며 원망스러운 눈빛이다. 소환 의식을 하듯 이상한 행동들을 하고 나면 종종 온다. 그분이.

그분과 함께인 나는 갑자기 고통도 행복도 비치지 않는 두꺼운 표정으로 눈 한 번 깜빡하지 않고 글을 쓴다. 노트북 자판 위에서 손이 날아다니고, 큰 소낙비가 오듯 자판 소리가 크고 경쾌해진다. 그리고 얼마 지나지 않아 감사와 자부심의 소리를 지른다.

내 글쓰기 수업의 열세 살 학생은 그것을 '삘'이라고 부른다. 그 학생은 최근 석 달 간 소설을 쓰고 있는데, 수업마다 조금씩 써 와서 내게 검사받는다. 주로 두세 문단 정도를 써오지만, 가끔 한 페이지씩 써 올 때도 있고 아예 못 써올 때도 있다. 그것은 '삘'이나, 그분의 오심에 달려 있다. 나는 학생이 많이 써오는 날과 아예 못 써오는 날에 크게 공감하곤 한다. 못 쓰고 잘 쓸 때의 우리는 같은 모습이었을 것이다.

누구에게나 '삘'이 있고 '그분'이 있다. 꼭 글을 쓰는 것이 아니더라도. 머릿속의 전구가 연속적으로 켜지는 화려한 각성의 순간. 조증 약을 먹지 않은 날이나 약효가 떨어지는 시간에 내 머릿속은 더없이 환해진다. 몸도 정신도 상기되어 예민하다. 수다스럽고 장황하다. 전에도 분명 이런 순간들이 많았지만, 어떤 상태라고 인지하거나 말로 표현할 수 없었다. 전에 나는 카페인이 몸에 맞는지조차 잘 인지하지 못하던 사람이었다. 조증을 겪으면서 각성 상태에 대해 알게 되었다. 각성 상태를 이용하는 법도, 잠재우는 법도, 굴복하거나 저항하는 법도.

'그분'을 기다리며 살아왔다. 현대 사회에서 잘 살아가려면 맨 정신으로는 부족했다. '그분'이 있으면 더 나은 글을 쓰고, 잘 가르칠 수 있으리라 기대했다. 하지만 '그분'이 나를 완전히 잡아먹기를 바란 것은 아니었다.

정말, 그런 건 아니었어요.

반쯤 뜯어 먹힌 나는 각성의 힘 앞에서 발발 떤다.

행복과 우울 사이
그 어딘가

"요즘 다시 행복한데요, 행복하면 안 되는 게 아닐까요?"

내가 물었다.
의사 선생님은 마스크 건너로 옅은 웃음을 지었다.

이상한 말이었다. 왜 그렇게 이질적인 말이 튀어나왔을
까. 나는 행복을 말하고 또 말하고, 바라고 기도하는 사람이
다. 기도가 과한 탓이었을까? 욕심이 과해서 벌을 받은 걸
까? 모든 촛불 앞에서 나는 행복을 빌었다. 생일 케이크의

초 앞에서 "언제나 건강하고 행복하게 해주세요" 속삭였다. 두 번씩 했다. 믿지도 않는 신이, 못 들었을까 봐.

여름에는 별똥별을 찾아 길바닥에 왕왕 누웠다. 모기에게 피를 제물로 바치면서 몇 시간이고 하늘을 바라봤다. 마침내 별똥별의 꼬리가 사라지는 순간, 놓치지 않고 기도했다. 건강과 행복, 그것만이 나의 신이었다. 그래서일까? 내가 행복을 너무 열심히 빌어서, 내가 감당할 수 있는 것 이상의 행복을 떠받들게 된 걸까? 허황됨으로 부풀려진 행복의 부피에 미쳐버리게 된 걸까? 그래서 결국 행복을 의심하고 두려워하게 된 걸까? 너무 욕심을 부려서.

조증이 사고를 치는 것보다 내가 행복을 경계하고 의심하고 결국 부정하는 게 무섭다. 행복하다는 기분이 들 때마다 '위험한데' 하고 드는 생각이 위험하다. 내 안에 거짓말쟁이가 있다. 자신감을 부풀리고 감각을 세밀하게 하며 거대한 행복을 내미는 거짓말쟁이.

그이가 보여주는 모든 세계가 환상이고 착각이고 거짓이라는 사실을 알기 전까지 행복했다. 수많은 기도에서 나온 빛이 나를 향했다. 그이는 조증이고, 나고, 병이고, 나 자신이며, 나와 연결되어 있고, 나다. 그러니 나는 자신을 의

심한다. 내 감각과 믿음과 행복을 믿지 않는다.

나를 믿지 않으면 불행하다. 요즘 나는 내내 행복하다가 가끔 지독하게 불행하다. 행복의 수평선이 안정적으로 이어지는 듯하다가도 심한 감정 기복을 겪는다. 때와 장소를 가리지 않고 갑자기 엉엉 우는 것처럼. 그리고 십 분 후면 다시 웃게 되는 것처럼.

해리 현상을 호소하며 항우울제를 받아먹을 때는 한 달에 한 번 병원에 갔다. 요즘은 1~2주에 한 번 병원에 간다. 약이 한 알 늘거나 줄어든다. 그것은 몇 마디 되지 않는 대화에 달려 있다. 경조증 판정을 받은 직후 한 달 동안은 매주 병원에 가서 조금씩 약을 늘렸다. 갈 때마다 이전과 별 차이 없이 행복하다고 대답했기 때문이다.

그러다 문득, 행복하지 않음을 깨달았다. 회전 교차로를 지나다가. 기쁘지도 않고 슬프지도 않다고, 음악을 듣는 것이 좀 귀찮아졌다고, 날이 좋아도 세상이 빛나지 않는다고, 인생이 좀 재미없다고. 죽고 싶지 않다는 생각을 하던 순간처럼.

행복하지 않다는 사실에 별 감정이 들지 않았다. 뇌의 감정 부분이 약에 절어버린 것일지도.

　회전 교차로를 빠져나오면서, 나는 '정상'의 상태에 대해 의문했다. 감정과 감각을 잃어버린 듯한 지금이, 의사 선생님이 목표하던 상태일까? 완전히 행복하거나 우울하지 않고, 극단적으로 어둡지는 않되 약간 침체된 기분. 꾸준히 약을 복용하면서 찾아온 이 기분이 정말 '정상'인 걸까? 하늘로 높이 뛰지도 않고 바닥으로 고꾸라지지도 않는 기분. 조용한 감정과 고요한 공기, 정상의 상태. 그것은 저리고 무딘 기분에 가깝기도, 평온해 감사한 기분이기도 했다.

　이리저리 날뛰던 조증이 얌전히 책상 앞에 앉았다. 나를 둘러싼 고요함 속에 침착하게 글을 쓰기 시작했다. 조증과 ADHD 모두 관심사와 목표에 대한 과몰입을 제공한다. 조증의 기미는 가시지 않아서, 책상 위 동쪽 창가에서 뜬 달이 창틀 밖으로 사라지고도 자리에서 일어나지 않았다. 나와 책상, 컴퓨터 외에는 아무것도 존재하지 않는 듯 공간이 왜곡됐다. 시선이 닿는 곳 외에는 똑 떨어져 사라져 버리는 마법. 글 한 편을 끝내고 나면, 마법이 풀리듯 내가 어디에 있는지를 깨달았다. 공간이 확장되고, 책상 외의 가구가 놓이고, 달이 사라진 창가가 보이기 시작했다. 글 속에서 시간을 너무 오래 보내고 나면 거울에 비친 내 모습에 깜짝 놀라기도 했다. 거울 속에서 자신을 처음 발견하는 어린 아기처럼. 내게도 형태가 있다는 사실이 이질적이었다.

평온하다가도 약 기운이 떨어지면 상기됐다. 말도 웃음도 많아졌다. 대체로 얌전하다가도 땅이 꺼지도록 우울하고 불안하기도 했다. 조증 상태로 하루 종일 엉덩이를 떼지 않고 글을 쓰다가 일어나면, 다음 주 수업 시수나 빚 같은 것들이 떠올랐다. 고정 수입이 없다는 사실에 대해 생각했다. 천 원도 없는 상황을 아주 구체적으로 상상했다. 제주도를 떠나겠지, 서울로도 가고 싶지 않은데, 나는 어디로 가야 할까. 조증과 우울증 속에서 갈피를 못 잡는 나는 상상 속에서 우주의 떠돌이가 됐다.

그리고 다시 조증, 괜찮아, 다 잘될 거야.

또 불안, 최악의 가난이 찾아올 거야.
그리고 나, 어떻게든 되겠지.
조증, 맞아. 긍정적으로 살자.
깊은 우울, 내 인생은 망할 거야.

ADHD, 뭐든 재밌는 거 해!

내 안이 너무 소란스럽다.
누구의 말을 믿어야 할지 모른다.
다만 나를 믿을 수 없다.

말하자면 나는,
수면과 수중 사이에서 방향을 잃은 수영자.
바다와 하늘의 경계선에서
하늘과 바다를 구분하지 못하는 산책자.

태풍, 장마
그리고 뭉게구름

이상하리만치 고요하다고 생각했다. 요즘은 음악을 잘 틀지 않기 때문일까. 글을 쓰고 책을 읽을 때 방해가 되어 음악을 듣지 않는다. 몇 달 전에는 모든 순간에 음악을 들었다. 그래서 상대적으로 고요한 걸까.

내 안이 적막하다. 슬프거나 불안하지 않고, 행복하지도 않다. 마음에서 좋은 일도 나쁜 일도 일어나지 않는다. 모든 것이 멈춰 있다. 나와, 바깥의 모든 것이 움직이기를 그쳤다. 모두가 유기체이기를 그쳤다. 숨소리가 들리지 않는다. 그래서 슬프다. 아니, 슬프지 않다. 슬픔이라는 감정을 잃어버린 것만 같다.

　2020년 9월, 제주도에 태풍 마이삭이 상륙했다. 당시 나는 섬의 동쪽 바닷가에 살고 있었다. 현관에서 바다까지 20m가 채 안 되는 곳이었다. 마이삭이 상륙한 날 오후 5시쯤 전기가 나가고 수도가 끊겼다.

　도시 사람인 나는 제주도 시골의 태풍에 대해 아무것도 몰랐다. 배터리가 반쯤 남은 스마트폰 말고는 가진 것이 없었다. 물론 연결망은 불량이었다. 초나 손전등, 물을 구해올 수도 없었다. 집 앞 유일한 도로는 파도에 이미 잡아 먹혔다. 바다와 땅의 경계가 무너졌다. 공중에 나뭇가지나 알 수 없는 잔해들이 날아다녔다. 매서운 바람이 창문을 두드리고 흔들었다. 창틀에서 불규칙한 쇳소리와 덜컹거리는 소리가 났다. 평생 기억할 만큼 시끄럽고 요란한 날이었다. 그러니 어둠 속에 누워서 눈을 끔뻑대다 일찍 잠들고 오래 자는 수밖에. 어둠 속에서 내 눈의 흰자만 하얗게 빛날 것 같다고 생각하다가 잠들었다. 언제부터 잤는지는 모르지만 오래 잤다. 전기가 끊긴 후에는 별 기억이 없다.

　고요 속에서 눈을 떴다. 하루를 통째로 자고 일어난 것 같았다. 일어나자마자 창문을 열어 보았다. 하늘이 맑게 갰다. 동쪽 창의 정면으로 해가 보였다. 전등을 켜 보고 수도를 틀어 보았다. 모든 것이 전날 아침과 같았다. 이 태풍 속에서 누가, 새벽에 모든 것을 돌려놓은 걸까 궁금해하고 감사해하며 뛰쳐나갔다. 내가 사랑하는 산책길이 모두 안녕한지 궁금해서 자전거를 타고 나갔다. 가능한 멀리까지 살펴보고 올 요량이었다.

전날 파도에 집어삼켜졌던 도로는 엉망이었다. 크고 작은 나뭇가지, 원래의 용도를 알 수 없는 잔해들, 거대한 해초 덩어리들, 부표와 그물, 한 짝만 뒹구는 신발, 기타 쓰레기에 큰 바위까지 도로 한가운데 놓여 있었다. 전신주와 나무가 무너지고 간판이 사라졌다. 자전거를 타고는 멀리 갈 수 없을 정도로 모든 것이 망가져 있었다. 지난밤의 태풍과 그로 인한 피해는, 집 안에서 보고 들은 것으로는 설명할 수 없었다.

난장판인 땅 위, 하늘은 지난밤의 태풍을 부인하듯 구름 한 점 없었다. 바다와 땅을 믹서기로 갈아버린 것처럼 혼돈의 세상을 만들어 두고서는 혼자 아름다웠다. 이렇게 아름다운 하늘을 본 적이 있었을까 생각했다. 고요했다. 파도 소리도 바람 소리도 숨죽인 적막이었다. 전날 창을 찢던 생명들의 두려움과 아우성은 모두 바다 너머로 사라져 버렸다. 무언가의 잔해들과 빛과 바람 빠진 공기만 남았다.

자연과 가까이 살게 되며 알게 되는 것은, 자연재해가 도시에서와는 비교할 수 없이 큰 두려움의 대상이라는 것이다. 이후에 무결한 적막함이 찾아온다는 것도. 아무 일 없었다는 듯 혼신의 힘을 다해 고요하다는 것도. 거짓말을 하는 자연은 어색하리만치 아름답다.

태풍 마이삭이 생각났다. 태풍 이후의 풍경이 지금의 나와 같다고 생각했다. 약 기운을 빌려 태풍을 잠재운 나는, 어디에서 왔는지도 모를 쓰레기와 잔해로 뒤덮인 땅. 평안하고 조용하지만 자전거는 굴러갈 수 없는 땅. 거짓말하는 하늘과 거짓말을 하지 못하는 지상. 아름답고 어색한 풍경. 고요하고 생기 없는 풍경.

그러나 여름 내내 크고 작은 태풍을 맞고 나면 해안가의 지형이 변한다. 사막에 모래 태풍이 불고 나면 모래 산이 생기고 사라지는 것처럼. 작년의 모래 해변이 올해는 바위 해변이 된다. 태풍은 해안선과 모래 산을 주무르면서 결국은 순환시킨다. 지형을, 생태 환경을, 그 안의 생명을.

사막과 바다는 영원히 만날 수 없는데도, 바람 앞에 같은 방식으로 항복한다. 자연에서 솟아난 사람에게도 그렇다. 우리는 필연적으로 자연의 이치를 따른다. 태풍이 지나간 자리가 곧 생명의 자리가 될지도 모른다.

2020년 6월 제주도에 도착했을 때, 안개 때문에 앞이 보이지 않았다. 전에도 제주에 몇 번이나 왔지만 이렇게 스산하고 이상한 날씨는 처음이었다. 도착하고도 일주일 넘게 비가 그치지 않았다. 장마였다. 볕이 따가운 여름 햇살 아래 수영하고 몸을 말리는 상상을 하며 제주도에 왔는데. 장마 내내 슬퍼했다. 일기예보를 하루에도 몇 번씩 확인하고 기대하기도 했지만 예보는 잘 맞지 않았다.

지리적 영향을 많이 받는, 외떨어진 섬나라 제주는 일기예보가 소용없는 곳이었다. 볕이 들다가도 비가 오고, 안개가 끼고, 또 잠깐 볕이 들었다가도 밖에 나가기만 하면 비가 오는 이상한 곳이었다. 그러니 해가 뜨면 소리를 지르며 뛰쳐나가고, 바닷가에 앉아 있다가 빗방울이 떨어지면 뛰어들어오는 식이었다. 그런 제주 날씨를 나는 '설문대 할망(제주도 탄생 신화 속 주인공)도 모를 날씨'라고 불렀다.

어느 날, 매일 가던 식당 사장님에게 "대체 장마는 언제 끝날까요?" 한탄했다. 사장님은 매일 아침 바다를 살펴보라고 하셨다. 수평선 위에 뭉게구름이 뜰 때 장마가 끝난다고 했다. 제주도에 오래 사신 사장님 말씀으로는 그랬다.

이쪽 수평선이 아니라 저쪽 바다 수평선에 뜨면 어쩌죠. 뭉게구름의 크기와 길이는 어느 정도 되어야 할까요. 사장님의 말씀을 믿지 않고 또 믿으며 아침마다 유심히 바다를 살폈다. 뭉게구름이 뜨기를 간절히 바라면서.

며칠 지나지 않아 뭉게구름이 떴다. 예고 없이 종일 퍼붓던 비가 그치고 햇빛 아래 즐거운 여름이 시작됐다. 산책하고, 수영하고, 별 아래서 물기 말리기를 반복했다. 온몸이 진하게 탔고 등에 붙은 모래알만큼 등에 하얀 별이 떴다. 그러나 장마는 다시 왔다. 집 안에서 글 쓰고 책 읽으면서 또 무기력해 하면서 비가 그치기를 기다렸다. 그동안 여름 햇빛의 흔적은 조금 옅어졌고, 다시 뛰어나가 피부를 태웠다.

여름 내내 이런 일상을 반복했다. 어떤 순간에는 "천국!!"을 외쳤고, 어떤 순간에는 "이러려고 제주도 왔나. 외롭고, 괴롭다" 하고 말했다. 하지만 그 시기 전체를 돌아보면, 행복하고 우울했던 굴곡을 다 떠올려 보면, 그런 날들이 있었음에 기쁘다. 즐겁고 아름다운 나날이었다. 여름의 날들은 뜨거워 행복했지만, 장마가 없었더라면 그 에너지에 쉬이 지쳤을 것이다.

영원히 그치지 않는 장마는 없다. 매일 햇빛 아래서 피부를 태울 수는 없으며, 비가 오는 동안 다음 볕을 위해 회복의 시간을 가져야 한다. 태풍의 다음 날은 아름답지만, 아름답기만 하지는 않다. 태풍 후의 고요함은 가짜일지도 모른다. 하지만 적막 속에 솟아나는 것들이 있다. 생명의 고동이 있다. 결국 자연은 반복되기에, 극단적이기에 의미가 있다. 파괴와 방해와 생성과 탄생이 상생한다. 그 안에서 자연은 순환한다.

건강함이라는
환상

건강 문제에 조금 유난이다. 8년 전 비건이 되면서부터 그랬다. 동물의 삶을 침범하고 찢어놓고 싶지 않아서 시작한 일이다. 그런데 비건으로 살다 보니 '먹는 일'이 까다로워졌다. 매 끼니 수고스러웠다. 이 세상은 온통 동물의 잔해뿐이라, 뭘 먹어도 성분을 확인해야 했다. 전에는 내 입에 뭐가 들어가는지 별로 신경쓰지 않았다. 눈에 보이는 것 이상을 알 필요는 없었다.

8년 전부터는 눈에 보이지 않는 것들이 중요해졌다. 알고 싶은 것도, 알고 싶지 않은 것도 너무 많이 알았다. 분명 그것은 건강 문제와 결부되어, 음식에 무심하고 무감했던 이전으로 돌아갈 수 없게 했다. '먹는 일'의 의미가 확장되고 깊어진다. 동물로부터, 또 동물인 나에게로.

운동을 열심히 한다. 필라테스, 수영, 서핑, 복싱. 무슨 운동을 하냐고 물으면 할 말이 많다. 왜 하냐고 물으면 무탈하고 건강하게 살고 싶다고 말한다. 목과 허리 디스크가 20대 중반에 일찍 발병했다. 집을 나와 크고 작게 많이 다쳤던 것이 트라우마가 되었다. 다치고 싶지 않고, 아프고 싶지 않다. 간절히. 허리가 아파서 책상에 앉지 못하게 되면, 머리를 다쳐서 명석한 생각을 해내지 못하게 되면, 나는 무엇이 되어 남나. 건강은 존립의 문제다.

우리 집에는 흰 쌀이 없다. 렌틸콩, 퀴노아, 보리, 귀리, 현미로 밥을 짓는다. 알록달록한 제철 채소와 국산콩 두부로 요리한다. 규칙적으로 운동을 한다. 온갖 단 것은 끊을 수 없지만 술과 담배, 카페인은 끊었다. 영양제를 챙겨 먹기 시작했다. 절실하게 건강하고 싶다. 이렇게 살면 분명 건강해질 것만 같다.

밀가루를 끊으면 피부가 좋아지고 소화가 잘된다고 들

었다. 다만 통제의 부작용으로 성격은 버린다고 했다. 그런 이치일까? 흰 쌀과 술을 끊은 내 정신 건강은 나아질 기미가 없다. 홀린 듯이 몸과 정신 건강의 이상향을 따라가지만 그것은 어느 순간에도 손에 잡히지 않는다. 신기루처럼. 어쩌면 건강하고 싶다는 갈망은 목적지가 없기에 닿을 수가 없다.

사고를 당한 것처럼 머리가 멍하다. 처절하게 건강하고 싶다. 기민함과 영리함을 잃고 싶지 않다. 펑펑 운다. 영원한 장애가 될 것 같아서 운다. 기억을 잘 못한다. 과거와 미래를 잃고 현재만 남는다. 현재의 유령이 되어 생각한다. 모든 것을 바쳐서라도 건강하고 싶다고. 남들보다 멀리 수영하는 몸을 가지고서도, 더 건강하고 싶다. 흠 없이 온전한 몸과 정신을 가지고 싶다.

온전한 건강함이란 존재할까? 건강함은 규정 가능한가? 건강 검진의 모든 항목을 아름답게 통과하고 꾸준히 운동하고 잘 자더라도, 누가 봐도 '건강해 보이는' 몸을 가졌더라도, 완벽히 건강할 수 있을까? 열심히 운동해 근육을 키울 때, 어떤 순간이 건강함의 정점인가?

건강함을 위한 근육량은 너무 과해서도 안 되고 적어서

도 안 된다. 겉으로 보이지 않더라도 우리 몸속 어딘가에서는 세포들이 무참히 함락되고 항복하고 있을지도 모른다. 그러니 우리는 언제 건강한가?

몸의 건강이 중요한 과제가 되고 한참 뒤, 세상은 정신의 건강을 이야기하게 되었다. 건강함에 가까워지는 듯했던 우리는, 새로운 기준의 등장으로 다시 건강함으로부터 멀어졌다. 몸의 건강함으로는 충분치 않게 되었다. 건강함이란 더욱 모호해졌다. 매일 행복에 겨워 빙글빙글 웃는 사람, 건강할까. 아니, 조증일 수도 있다. 그렇다면 종종 우울하고 주로 행복한 사람, 건강할까. 한 달에 며칠쯤 행복하고 우울해야 건강한 걸까. 가끔 찾아오는 불안은 어느 정도 크기여야 할까. 우울하지도 행복하지도 않은 기분만이 이어져야 하는 걸까. 우울과 행복의 가장 중앙에서 버티고 있는 것이 건강함일까. 지속적이고 평탄한 기분만이 이상적일까. 우리는 대체 언제 건강한가.

한 친구는 마음이 단단한 것이 건강한 상태인 것 같다고 했다. 줄곧 마음이 단단한 사람이 되고 싶었다. 누군가의 말에 상처받지 않고, 스스로의 경솔한 말을 너무 오래 곱씹지 않았으면 했다. 연인이나 친구에게 삶의 온 무게를 다 맡겨 기대어 살고 싶지 않았다. 외로움이든, 어려움이든, 즐거움 이든, 다 혼자서 해내는 사람이 되고 싶었다. 내 마음의 물 컹함을, 소심한 끈적임을 탓했다.

마음이 강철이 되고 다이아몬드가 되면, 건강할까? 망치 로 때려도 꿈쩍 않는 단단함을 가지게 되면, 마침내 건강해 졌다고 할 수 있을까? 다이아몬드 같은 마음을 가진 사람 은, 이미 그 안에 모든 빛과 아름다움을 망라하고 있어서, 외부에서 오는 사소한 환희는 필요 없어질지도 모른다. 자 기 안의 다이아몬드에 취해 밖을 둘러보지 않을지도 모른 다. 노랗게 핀 브로콜리 꽃밭을 산책하지 않고 금고만 쳐다 보게 될지도 모른다.

그러니 단단함도, 물렁함도, 끈적임도, 단호함도, 모두 건강함은 아닐지도 모른다. 건강함은 그사이 어딘가 아무 도 모르는 곳에 숨어 있다. 손짓하면서, 모습을 드러내지 않 으면서, 사람들의 열망을 먹고 힘껏 도망치면서. 그러니 우 리는 승자가 없는 술래잡기를 하듯이 그 꽁무니를 설렁설 렁 쫓아야 한다. 불어오는 바람에 기뻐하고, 잔디의 보송함 을 귀여워하고, 떠오르는 걱정을 하고, 마음속으로부터 슬퍼하기도 하면서.

　나는 마음속에 다이아몬드도 가졌다가, 그걸 푸딩으로 바꿔 먹었다가, 남은 것으로 강철을 사서 간직하고, 또 남은 것으로 슬라임을 사서 가지고 놀고 싶다. 매 순간 다른 선택을 하고, 다른 마음을 먹고, 마음에 휘둘리기도 하고 싶다.

　이 휘둘림과 널뛰는 감정이 모두 '비정상'의 상태라면, 교정해야 하는 것이라면, 치료 후의 나는 무엇이 될까. 나는 평생 이렇게 살아왔는데. 정신질환을 치료하는 데 성공해서 나와 연결된 질환의 특성을 뽑아내 버리면, 나는 어떤 사람일까. '나'라는 자아는 영원을 함께한 병을 제외하고는 내가 아닐지도 모른다. 나는 우울과 부정적인 감정을 우람하게 부풀려 끌어안고 살지만, 내가 행복을 표현하는 방식은 그보다 더 우렁차다. 그런 내가, 감정과 감정 사이의 정중앙에 줄을 걸어두고, 줄타기하듯 평행을 유지하며 살 수 있을까.

　심장이 빠르게 뛸 때 우리는 젊음, 땀, 건강함, 사랑의 고무 같은 것을 연상한다. 그 모습은 컴퓨터 화면 속, 아래위로 막힘없이 그어대는 극단적인 그래프가 된다. 그리고 언젠가 그래프가 아래위로 그어대는 낙서를 멈출 때, 우리는 죽는다. 빠르게 널뛰는 요동 그 사이, 차분하고 정적인 수평의 선, 그 선 위에서 우리는 죽는다. 삶의 극단성을 무너뜨리고 정중앙의 균형을 맞추려고 할 때 아마, 우리는 죽는다.

그러니 극단적인 면모는 우리의 필연일지도 모른다. 건강함이라는 유일무이한 상태는 닿을 수 없는, 어쩌면 닿아서는 안 되는 신의 영역일지도 모른다. 우리가 감히 그곳에 닿을 때, 우리는 죽는다.

건강이 어디에 있는지 몰라도 우리는 건강을 찾는다. 애타게 향한다. 몸과 정신과 마음의 이상향에 매달린다. 그 사이에 우리는 생멸한다. 그 비밀을 찾기에 우리네 삶이 너무 짧고 단순한 탓이다. 역사 속 황제조차도, 시간과 함께 스러지는 건강, 그것에 홀려 사라졌다.

의사와 심리상담사와
귀신과 글

누구에게나 '이유 없이' 눈물이 나고 그 감정을 주체할 수 없는 날이 있다. 그런 날들이 잦아질수록, 왜 이렇게 힘들까, 이 괴로움은 대체 언제 끝날까, 뭐가 문제였을까, 아무나 붙잡고 묻고 싶어질 것이다. 왜 저한테만 이러세요, 제가 뭘 잘못한 거예요, 하면서.

내게는 그런 날들이 잦다. 그럴 때마다 나는 내 잘못을 샅샅이 찾는다. 그러니까, 제가 뭘 잘못한 거냐고요. 답은 돌아오지 않는다. 뭔가 잘못한 거라서 진심으로 뉘우치고 나면 말끔히 괜찮아진다면 좋겠다. 하지만 누구도, 무엇도 정확하게 이 아픔의 원인을 알려주지는 않는다. 그래서 나는 뭐가 문제인지도 모른 채 수많은 자책의 시간을 지나고 있다.

영어를 가르칠 때 '우리에게 일어나는 대부분의 감정은 외부 요인에 의한 것'이라고 말한다. 한국어에서는 힘든 감정을 말할 때 "(내가)괴롭고 우울하다"고 말하지만, 영어에서는 "I'm distressed, I'm depressed(내가 괴로워져, 내가 우울해져)"라고 수동태를 사용하기 때문이다. 수동태란, 나는 가만히 있었는데 내게 '가해진' 것을 말한다. 사람이나 상황이 수동적 상태인 내게 영향을 가하는 것이다. 그러니까 영어에서 감정이란 '당하는 것'이다. 그렇다면 내 절망적인 감정들은 어디에서 왔을까. 어떻게 치유될 수 있을까? 정신과 4학년(졸업 무기한 유보)의 원인 발견과 치유 방법들을 공유한다.

1. 약물 치료

처음 정신과에 내원했을 때는 정신과 진료와 심리 상담을 혼동했었다. 친절하고 이야기를 잘 들어주는 의사 선생님을 만난 덕이다. 그 의사 선생님에게 많은 이야기를 하고 자주 울었지만, 치료의 필요성은 느끼지 못해서 금방 그만

됐다.

　필요성을 정말로 느낀 것은 4년 전, 흉통과 해리 현상이 심하던 때다. 정신병이 정신적 증상뿐만 아니라 신체적 증상도 수반할 수 있다는 것을 그때 알았다(스트레스를 받으면 머리가 아픈 것처럼). 항우울제를 복용하며 신체적 증상들이 완화되었다. 이후 꾸준히 항우울제를 복용하다가 ADHD 진단을 받고 추가로 약을 먹기 시작했다(효과는 모르겠고 식욕 저하가 심각했다). 반년 전 조울증 진단을 받고 항우울제를 단약, 조증 약인 감정 조절제로 처방이 바뀌었다. 지금은 기존의 약에 충동 조절용 ADHD 약과 강박 증세 조절 약을 추가해 복용 중이다.

　하지만 약물 치료는 나를 괴롭게 하는 이 병의 원인을 없애주지는 못한다. 화학적으로 병을 잠재울 뿐이다. 나는 근본적인 문제를 해결하지 못한 채 병을 제어하기만 하는 것에 불안감을 느낀다. 밤마다 나는 여덟 알의 정신과 약과 영양제 네 알을 먹는데, 두 번에 걸쳐 모든 약을 삼키면서 목이 막히고 숨이 막힌다. 약 끝의 비린 맛에 구역질이 난다. 복용 기간이 길어질수록 '나는 평생 정신과 약을 먹으며 살아야 할까?' 하는 두려움이 인다.

2. 상담

첫 상담은 대학 때 학교에서 지원하는 미술 상담 치료를 받은 거였다. 당시 나는 2년 동안 사귀던 애인과 헤어져 매우 불안정했다. 상담의 목적 또한 이별을 극복하는 것이었다. 그런데 상담 초반부터 선생님은 이별이 아닌 내 가정사를 더 궁금해했다. 이별보다 가족과의 문제가 더 시급해 보인다고 하셨다. 상담은 점점 가족 문제로 흘러갔다. 그때 가족 간에 주고받은 상처가 심각하다는 걸 처음 알았다. 분명 우리 가족에게 문제가 있다고 생각했지만, 치료해야 할 일이라고는 생각하지 못했다. 그러나 정해진 상담 기간이 짧아 제대로 치료받지는 못 하고 끝났다.

두 번째 상담 또한 이별 직후였다. 얼마 전, 줄곧 외로워 죽고 싶었던 연애를 마쳤다. 왜 나는 연애만 하면 죽고 싶어질까, 왜 나는 이런 사람만 만나고, 왜 나는 이렇게 사람에 집착할까, 모든 것이 궁금했다. 상담을 받으면 모두 알게 될 것 같았다. 시골에 살고 있는지라 대면 상담을 받기가 쉽지 않아서, 서울의 심리상담사와 주 2회 전화 상담을 받았다.

실패한 연애를 계기로 상담을 받게 되었지만 목적은 가족에게서 받은 상처를 해소하는 거였다. 내가 사람에 집착하고, 사랑을 망치는 건 유년 시절 가족 간의 문제 때문이라고 생각했기 때문이다.

하지만 상담을 받는다고 쉽게 감정이 해소되고 원인이 명백히 드러나는 것은 아니었다. 정신과 마음의 문제가 해결되지 않았음은 물론이며, 오히려 그 반대였다.

상담 시간 내내 내 얘기를 해야 했다. 나의 슬프고 어두운 과거 이야기를 모두 솔직하게 풀어내는 시간이었다. 나라는 오래된 냉동고에서, 수십 년 묵은 썩은 음식물들을 하나하나 꺼내 놓는 것 같았다. 세균에 잠식당하고 또 주변에 세균을 퍼뜨리는 썩은 음식물들. 그걸 꺼내 놓으면 실온에서 녹으면서 처참한 상태가 됐다.

상담을 받는 것은 그런 기분이었다. 외면하며 얼려 방치해 놓은 것을 꺼내 녹이는 것. 마음에서 나온 것들이 아주 끔찍한 냄새와 형체로 녹아내리는 것. 내 안에 더러운 것이 아주 많다는 사실을 깨달았다. 이걸 언제 다 치우지, 어떻게 치우지, 엄두가 안 나는 일이었다.

몰랐던 사실을 깨닫게 되기도 했다. 내게 비난을 가하던 사람들의 말들이 모두 내 안에 아직 살아있다는 것. 나는 그 말들을 장기간 학습한 나머지 그 사람들의 시선으로 나 자신을 바라본다는 것. 그래서 내 안에는 그 사람들과 내가 동시에 살고 있다는 것. 스스로 지키고 사랑하는 마음과, 평가하고 비난하는 마음이 날카로운 양면성이 되어 내 안에서 전쟁을 일으키고 있다는 것. 그래서 나는 언제나 예민하고 아플 수밖에 없다는 것.

나도 모르던, 내 안의 타인들을 인지하게 된 후로 나는 자유로워졌나? 그렇지 않았다. 오히려 나는 그때부터, 타인들이 내 안에 있음을 더욱 예민하게 느꼈다. 그날부터 나는 그 타인들과 함께 살고 있다. 나를 비난하는 목소리들은 더욱 선명해졌다. 하지만 내 안의 것들을 꺼내어 분류하고 이름 붙이는 과정은 중요했다. 어떤 감정들은 말하는 것만으로도 쉬이 해소됐다. 외면하던 것들을 꺼내 놓는 것은 괴롭지만, 치유의 단계임은 부정할 수 없었다. 상담이 내 아픔의 모든 이유를 풀어내 말해주고 나를 해방시켜 주지는 못했을지언정.

내 고통의 이유는 내 인생의 총합이다. 그러니 한 주에 한두 시간의 상담으로 모든 괴로움의 이유를 찾아낼 수 없었던 건 당연했다.

3. 점집

점집에 처음 간 건 이상하리만치 아픈 날이었다. 운전하다가 죽어버리는 상상을 수십 번 하고, 죽지 못한 채 갓길에 차를 세우고 유서를 쓴 날이었다. 아무리 액셀을 밟아도 섬을 빙글빙글 돌 뿐이라는 생각에 뭐든 갈기갈기 찢어버리고 싶은 날이었다. 나는 신도 귀신도 믿지 않는데, 그날 홀린 듯 점집을 찾아갔다. 제주도의 점집 수십 군데에 전화해서 당장 점을 볼 수 있는 곳으로.

나는 마음속으로 팔짱을 끼고 '선녀님'의 이야기를 들었다. 선녀님이 내 성격이나 현재 상황에 대해 정확히 말하면 할수록 팔짱은 풀어졌다. 선녀님은 말했다.

"요즘 힘든 거 내년 하반기에 다 괜찮아져. 시간이 약이라고 믿고 버텨. 다 괜찮아질 거야."

나는 여전히 귀신이나 신을 믿지 않지만, 선녀님의 말을 그 해 내내 되뇌었다. 시간만 지나면 괜찮아질 거야. 약물 치료나 심리 상담은 내게 절대 확신의 말을 해주지 않지만, 점집은 처음으로 내게 확신의 말을 건넸다. 나는 믿지 않는 것을 믿으며 죽지 않고 그 해를 잘 넘겼다.

4. 글쓰기

글을 쓰는 것은 내게 가장 단순하고 명료한 배출구다. 나는 자주 머리가 아니라 손끝으로 글을 쓴다고 말하는데 손끝은 마음을 향한다. 머리와 마음이 종종 반대 방향을 가리킨다면, 글을 쓰는 것은 머리보다는 마음이다.

내 병은 머리에 있을까, 마음에 있을까. 주로 사람들은 정신질환을 '마음의 병'이라고 부른다. 그렇다면 글을 쓰는 것은 마음뿐만 아니라 그 병까지도 꺼내 적어 내려가는 일이다.

이 책을 쓰면서 나도 몰랐던 내 마음과 정리되지 못했던 감정을 많이 발견하고 다듬었다. 울지 않고 발랄하고 즐겁게, 가끔 무겁게 써 내려갔다. 글을 쓰는 건 그런 일이다. 다듬고, 배출하고, 나를 가다듬는 것. 내가 어떤 사람인지, 무슨 생각을 하는지 몰라도 글은 쓸 수 있다. 정신없이 글을 쓰고 쓴 글을 바라보면 그 안에 내가 있다.

병의 원인을 찾아가는 일, 치료하는 일은 가볍고 해방적이라기보다는 잔인하고 무거웠다. 병이 나 자신과 너무나 촘촘하게 얽혀 있어서, 병을 떼어놓으려면 나의 생살을 벗겨내고 뜯어내어 노출시켜야 했다. 산들바람에도 온몸이 따갑고 시렸다. 그럼에도 내 현재 상황과 감정, 내가 가진 질환의 원인을 밝혀낼 수는 없었다.

하지만 여러 방식을 통해 나는 포기하지 않고 나 자신을 다스린다. 병에 나를 완전히 빼앗기지 않도록 매순간 발버둥친다. 위 방법들의 모든 의미는, 내가 아직 전복되지 않았음에 있다. 나는 자주 우회하고 종종 길을 잃더라도 나의 방향을 잊지 않고 살아간다. 의사와 심리상담사와 귀신과 글 덕분에.

많은 사람이 나와 같은 괴로움 혹은 과한 행복, 더불어 신체적 문제를 겪고 있을 것이다. 나처럼 의사나 상담사, 귀신이나 자신만의 배출구를 찾아다니고 있겠지. 어떤 방식이 되었든 문제의 명확한 출구가 보이지 않을지도 모른다. 어느 날 출구를 향해 나온 듯하다가도 또 다른 암막 속에 있음을 깨달을지도 모른다. 슬펐다가 과하게 기뻤다가, 또 괴로운 날들이 번갈아 이어지는 내가 그렇듯이.

하지만 우리는 하루도, 스스로를 돌보고 다스리지 않고는 살아갈 수 없다. 아픈 당신이야말로 가장 자신의 상태를 기민하게 알아차리는 사람이고, 마음 깊이 돌보고 다스리는 사람이다.

그러니 우리, 충분히 잘 하고 있어요.

조증과 나의 글쓰기

정신 똑바로 박힌 글을 쓰고 싶지 않았습니다. 저는 조증 상태일 때, 우울증 상태일 때, 그리고 항상 ADHD인 상태로, 두서없는 글을 써요. 제 글은 너무나 분주해 행간이 없습니다. 그러니 글에 남을 초대하지도 못합니다. 비약이 심해 타인은 제 생각의 흐름을 따라오기 힘드니까요. 정리되지 않고, 이해할 수 없기 때문에 문학적 가치가 떨어지는 글을 씁니다. 남은 없고 나만 있는 글을요.

하지만 저는 설명하지 않습니다. 제 글의 무도회에서 가장 화려한 옷을 입고 혼자 빙글빙글 치맛자락을 퍼뜨려요.

아름다워 보이지 않을 것을 알면서도 아름답고 싶어요. 눈에 띄고 싶은 욕망을 어찌할까요.

객관적 사실을 쓰고 싶지 않았습니다. 설명하고 남을 이해시키는 글은 제가 원했던 것이 아니에요. 조울증이라는 병증 하나를 설명하기 위해서는 수만 글자가 필요해요. 하지만 저는 이야기와 생각을 펄쩍펄쩍 뛰어다니는 방식으로 글을 쓰는 사람. 객관적 사실에 집중할 수 없었어요. 너무 많은 갈래를 왔다 갔다 하다 길을 잃을 것이니까요. 글을 쓰기 위해 저는 조증 환자가 아니어야 한다는 부담감도 느꼈습니다. 역설적이게도.

문학이라는 빛은 파괴된 글에 핀 조명을 허락하지 않을 것 같았습니다(무명의 저는 그저 이탈된 무언가가 될 뿐). 그러니 글을 쓰려면 환자가 아니어야 했어요. 문학으로 인정받고, 첫 작품을 출간하려면 온건한 사람임을 증명해야 했지요. 이리저리 옮겨 다니며 이야기를 풀어낼 수는 없었어요.

《프랑켄슈타인》(1818년)의 작가 메리 셸리는, 자신의 작품을 자손에 비유하곤 했습니다. 그렇다면 출간을 앞둔 저는 첫 출산을 고대하는 사람이에요. 첫 출산은, 남들이 하라는 대로 준비하게 되는 법이겠죠.

세상이 조증을 종용한다고 썼지만, 세상은 조증을 싫어합니다. 아니, 좋아합니다. 아니, 싫어해요. 조증이 정신병이라는 사실은 싫어하고, 조증이 생산적이라는 사실을 좋아해요. 생산적으로 굴되, 정신병적으로 굴어선 안 됩니다. 빠르게 책을 쓰되 비약적이고 혼란스럽고 정신없고 스스로에게 매몰되어 있어서는 안 되지요. 어쨌든 책이란 누군가에게 읽혀야 하니까요.

저는 처음으로 글 속에 남을 초대하려고 무던히 애썼습니다. 혼자 춤추는 글로 남겨두지 않으려고 노력했어요. 조증의 효율성과 각성된 지각을 빌리면서도 이야기의 핵을 빼앗기지 않으려고 격렬히 싸웠지요.

하지만 병도 저인 걸요. 병은 자기 이야기를 할 때를 귀신같이 알아챘습니다. 때를 놓치지 않고 충동적으로 뛰쳐나오곤 했어요. 중심 잡힌 척 쓴 글에서 병이 흘러나옵니다. 저는 그것이 발견되지 않았으면 하면서 발견되길 바라요. 독자가 글 속에서 울증과 조증과 ADHD적 산만함을 발견할 때 비로소 제 글은 완성됩니다. 글에서 병을 설명하면서 또 설명하지 않는 부분으로 병의 느낌을 전달하고 싶어요. 읽는 이가 병의 출몰을 느낀다면, 의도 밖의 일이고 의도된

실수입니다.

쓰고 보니 전체적 분위기가 요란해요. 발랄하고 즐거웠다가, 암실에 들어갔다가, 태풍 친 다음 날처럼 차분했다가. 극단적이고 오르내리는 것이 꼭 제 정신상태 그 자체 같아요. 책 한 권의 흐름이 정신병자 한 명을 담고 있는 셈이에요. 독자 여러분은 이성적이고 싶은 야생의 저를 보고 계십니다.

요즘 글쓰기 수업을 듣고 있습니다. 원고를 잘 쓴 날에는 원고 첨삭을 거의 받지 않고 수필이나 시 쓰기로 넘어가요. 하지만 〈죽고 싶다〉와 〈우울의 자식〉을 수업에 가지고 간 날에는 글을 하나도 쓰지 못했어요. 두 시간 내내 한 줄 한 줄 조언을 들었습니다. 선생님은 "글에 비약이 심하고, 시제가 혼동되어 혼란스럽고, 이해하기 어렵다"고 하셨어요. 우울을 다룰 때 이상하게 얌전했던 감정 대신 글이 울컥거린 탓이었지요. 그 글을 쓰면서 조금도 울지 않았거든요. 저는 남의 눈물까지 대신 흘리는 사람인데도요. 오히려 많은 깨달음을 얻었습니다. 과거의 아픔을 재해석하는, 어렵고 소중한 글쓰기였습니다. 가장 오랜 시간과 정성을 들였어요.

반면에 조증 부분은 재미있고 경솔하며 유쾌합니다. 쓸

때도 어렵지 않았어요. '그분'이 오시면 하루에 열 장도 쓸 수 있었답니다. 글을 쓰는 제가 조증 그 자체이기 때문이었지요. 그러니 누가 무슨 책을 쓰냐고 물어보면 '가볍고 철없고 창피한 책', '출간되어도 주변에는 안 보여줄 책', '베스트셀러가 되어서… 우연히 너에게 닿지 않기를 바라는 책'이라고 말하곤 합니다.

저는 습관적으로 슬프거나 아픈 일을 드러내어 자조하곤 합니다. 연애가 허망하게 끝날 때마다 친구들을 앉혀 놓고 슬퍼해야 할 일에 웃어요. 아주 웃기고 과장되게 개인사를 구구절절, 밤새도록 말할 수 있지요. 그걸 만나는 사람마다 똑같이 하고 나면 점점 말에 찰기가 붙어 더 재밌어져요. 찰기가 생긴 말은, 자기들끼리 알아서 뭉쳐 굴러떨어집니다. 마침내 저는 슬픈 일로부터 해방되고요. 그러니 슬픈 일이 많으면 필연적으로 웃긴 사람이 되는 것일지도 모릅니다. 상담사 친구 A는 무려 제가 세상에서 제일 웃기다고 했다고요. 하지만 저는 개인사의 노출과 자조의 언어 없이는 굴러가는 낙엽만큼도 안 웃긴 사람입니다. 이 책이 재밌다면 제가 과하게 솔직한 덕이겠지요.

이 글의 반은 조증이 썼습니다. 쉼 없이 움직이는 조증의 뇌와, 모든 것을 글로 만드는 손끝이 썼지요. 빠르게 빙글빙글 굴러가는 조증의 뇌가 아니었다면 저는 으레 그렇듯 '올해는 꼭 단행본 써야지…' 하며 서른이 됐을 거예요.

저에게는 오랜 작가의 자아가 있습니다. 스스로를 작가라고 생각하고, 또 생각하지 않으면서 살았어요. 종종 매체에 기고해 돈을 버니 작가 같지만 단행본이 없고 등단도 하지 않았기 때문에요.

저는 게을렀고, 의지가 잘 발휘되지 않았고, 병의 힘에 이끌려 침대에 눌어붙거나 벌떡 일어나 춤을 추며 살아왔습니다. 주로 우울하고 무기력해 침대에 녹아 있었지요. 그러니 긴 글을 쓸 수 없었어요.

그런데 웬일, 벌떡 일어나 춤을 추게 되는 순간이 일었습니다. 신속하게 춤추는 몸뚱이를 책상에 갖다 붙였더니, 써졌어요! 책 한 권이! 처음으로 쓴 아주 긴 호흡의 글이에요. 그러니 이 글은, 조증에 홀려서 쓴 글입니다. 다시 말하지만, 제정신으로 쓰려는 정성이 많이 첨가되었다는 것을 알아주세요. 잘 읽히는 부분은 제가 쓴 부분이고, 뭐라는 건지 영 모르겠는 부분은 조증이 쓴 글이랍니다. 책 속 처절한 주도권 싸움이 느껴지시나요?

　책을 쓰면서 글쓰기를 배우기 시작했습니다. 한 번도 글쓰기를 정식으로 배워본 적이 없었어요. 그래서인지 글의 마지막 문장을 쓰고 나면 두루뭉술한 불확실함이 다음 문장을 이었지요. 제 글이 문학으로 불릴 수 있을지에 대한 불확신이었고, 비웃음당할지도 모른다는 두려움이었습니다. 제 작가됨의 불확신이었고, 작가됨의 미래에 대한 불안이었어요.

　배우지 않는 것은 즐거워요. 가이드 없이 미지의 세계를 내 마음대로 탐색하고 탐험하는 일이니까요. 반대로 배운다는 것은, 미래의 향방을 귀띔받는 일입니다. 그러니 배우고 나면, 예측 가능한 사람이 되어 버릴지도 모릅니다. 저는 박자가 변칙적인 음악을 사랑하고, 예상할 수 없는 기분 앞에 녹듯이 항복하는 사람입니다. 그래서 배움을 미뤄 왔는지도 모르지요.

　최근 배우기 시작한 것들이 있습니다. 화성학과 코드를 알고 음악을 만드는 것, 길고 짧은 호흡으로 드럼을 연주하는 것, 순간의 재치로 다른 악기 위에 올라 타 즉흥적으로 노래하는 것, 발등 위로 피어나는 물가의 무지개를 시로 쓰는 것. 내 눈앞의 아름다움을 글이나 음악으로 실현하는 것조차도 결국 배워야 한다고, 저는 배웠습니다.

배워 틀에 갇히면 두려움을 막아낼 수 있고, 목적지를 향해 걸을 수 있어요. 배움은, 가로로 행군하는 눈보라 속의 벽돌집 같은 안정감을 주지요. 덕분에 몇 년을 미루던 단행본 출간의 의지에도 불을 붙여, 그 불에 콩 구워먹듯 책을 쓰게 되었잖아요?

배우지 않는 것은 즐겁고, 배우는 것은 감사합니다. 배우지 않고서도 저는 자유로이 음악을 만들고, 노래하고, 글을 썼어요. 배우기 시작한 뒤에는 더 단단한 음악을 만들고 다양한 모양새의 노래를 하고 불안함을 덜어낸 글을 쓰지요. 삶에는 배우지 않은 것이 많고 배울 것은 더 많으니, 이 즐거움과 감사함을 영원히, 제 안의 전쟁터를 마르지 않는 영감의 원천으로 삼겠어요.

덧. 글 전체를 매번 꼼꼼히 피드백해주신 글쓰기 선생님, 강지혜 시인님이 아니었다면 책을 완성하지 못했을 것입니다. 조증 환자는 자신의 행동과 글에 대한 객관적 판단이 어렵고, 작가님은 타인이었어요. 저는 확신이 필요했고 작가님은 언제나 주셨습니다. 고맙습니다.

그리고 '상담사 친구 A' 구안나. 멀리서 또 가까이서, 내 조증을 함께 다스려 준 나의 구원자였습니다.

참고문헌

sanjana gupta, "what does the term 'high-functioning' bipolar disorder mean?", verywellmind, 2022.08.24, https://www.verywellmind.com/high-functioning-bipolar-disorder-symptoms-causes-treatment-6500775

"Are you thriving or just surviving? Living with high-functioning bipolar disorder", the dawn wellness centre and rehabilitation thailand, 2023.02.01, https://thedawnrehab.com/blog/living-with-high-functioning-bipolar-disorder/

진단기준: 조울증, N의학사전, 서울대학교병원, http://www.snuh.org/health/nMedInfo/nView.do?category=DIS&medid=AA000357

최재원 정신건강의학과전문의, "성인 ADHD에서 흔히 동반되는 진단", 정신의학신문, 2021.05.06, http://www.psychiatricnews.net/news/articleView.html?idxno=30953